Étienne de Montety

La grande épreuve

Gallimard

Étienne de Montety dirige *Le Figaro littéraire.* Il est l'auteur de plusieurs biographies et de romans dont *L'article de la mort, La route du salut, L'amant noir* et *La grande épreuve,* qui a reçu le Grand Prix du roman de l'Académie française en 2020.

Pour Éric

Sur le point d'expirer, il parla ainsi : « Mieux vaut mourir par la main des hommes, quand on attend la résurrection promise par Dieu, tandis que toi, tu ne connaîtras pas la résurrection pour la vie. »

Deuxième livre
des Martyrs d'Israël 7.14

L'un des anciens prit alors la parole et me dit : « Tous ces gens vêtus de blanc, qui sont-ils et d'où viennent-ils ? » Je lui répondis : « C'est toi qui le sais, mon Seigneur. » Il reprit : « Ils viennent de la grande épreuve ; ils ont lavé leurs vêtements, ils les ont purifiés dans le sang de l'Agneau. »

Apocalypse 7.13

La place est bordée de platanes, comme les villes du Sud le sont toutes. En son centre, une esplanade blanche, éblouissante sous le soleil de l'été. À midi, elle est déserte mais, en fin de journée, quand l'ombre aura repris ses droits, des boulistes viendront. Ils piétineront autour du bouchon, jaugeront, commenteront et des exclamations retentiront. Sous les arbres au feuillage doré, rendu gris par la poussière, ont été installés des bancs qui, quoique souillés par les pigeons, sont occupés par des petits vieux, par des routards ou des punks à chiens, ou encore par des marcheurs, souvent des pèlerins qui parcourent le chemin de Saint-Jacques-de-Compostelle. Ils sont heureux de trouver un siège où déposer leur fatigue. Sur un côté de la place, des commerces déploient leurs auvents dès les premières heures de la matinée : une boulangerie et une maison de la presse. À la belle saison, le boulanger sort sur le trottoir une roulotte de glacier. Son voisin, un tourniquet de cartes postales représentant des églises romanes ou des ruines antiques. Une partie de l'espace est occupée par un parking ; des horodateurs ont été installés entre les arbres, eux aussi couverts de poussière et de fiente.

Ce n'est pas la place principale de Brandes, la ville en compte d'autres, plus belles, plus prestigieuses. Comment s'appelle-t-elle ? Si l'on avise la plaque apposée sur les maisons qui font le coin des rues, on lit place du Quatre-Septembre, mais tout le monde l'appelle la place de l'Église, à cause de Saint-Michel. Celle-ci est loin d'être un joyau architectural. Ce titre, elle le laisse à la cathédrale Saint-Hilaire, située dans le centre-ville, et à sa crypte du XIVe siècle. Ou aux arènes à la sortie de la ville, dont la taille atteste non seulement d'une présence romaine mais d'une cité importante, dans les premiers siècles de notre ère. L'église Saint-Michel date de la fin du XIXe siècle. Décidée à une époque de regain du catholicisme, quand la France envoyait des missionnaires dans le monde entier, sa construction s'est effectuée sans afféterie, sans recherche architecturale, avec un évident souci d'efficacité : un lieu spacieux, commode d'accès et d'utilisation. À l'évidence, ni l'architecte ni le maçon n'ont joué leur salut dans son édification. Au-dessus d'une nef en pierre blanche, ils ont élevé un clocher parce que c'est le signe de l'Église depuis toujours et que les cloches rythmaient encore la vie des hommes : l'angélus pour rendre grâce, le tocsin pour sonner l'alarme. Des vitraux l'ornent, mais à la différence de ceux du Moyen

Âge, ils ne racontent plus le catéchisme ni la vie édifiante du saint du lieu. Ceux de Saint-Michel, constitués de formes géométriques, servent à laisser entrer la lumière, en la colorant, en la tamisant. Alors que la place subit une forte réverbération de la chaleur, ils contribuent à l'impression de fraîcheur qui saisit le visiteur. C'est, avec le calme, l'une de ses vertus qui pourraient pousser les habitants à en franchir le porche. À l'entrée, un panneau est couvert d'annonces hétéroclites, un peu défraîchies par le soleil et les intempéries. Pèlerinage diocésain à Lourdes, appel au denier du culte, publicité pour les vocations sacerdotales représentant un prêtre aux traits de jeune premier, association caritative proclamant : « Transformons la clameur du monde en espérance. »

Pendant la semaine, l'église est ouverte, fréquentée la plupart du temps par des femmes, « mes saintes femmes », comme dit ironiquement le père Tellier, le curé de la paroisse. Elles viennent pieusement fleurir l'autel ou prier la Vierge dont une statue orne le chœur. Une autre, dans le fond et un peu négligée des fidèles, représente saint Michel terrassant le dragon. Seuls les visiteurs attentifs la remarquent et peuvent lire sur son socle cette prière gravée : *Saint Michel Archange, défendez-nous dans le combat ; soyez notre secours contre la malice et les embûches du démon, nous le demandons en suppliant. Que Dieu lui fasse sentir son empire. Et toi, Prince de la milice céleste, par la puissance divine repousse en enfer Satan et les autres esprits mauvais qui rôdent dans le monde pour la perte des âmes.*

En semaine, la messe est célébrée à 9 heures. Un vendredi d'août à Brandes, les fidèles ne sont pas nombreux. C'est le curé qui officie. Dans quelques jours, il laissera la place à un confrère béninois, un étudiant en théologie à Paris qui assurera les messes et les permanences durant l'été. Georges Tellier est fatigué. Cela fait dix ans qu'il est à Saint-Michel. L'année a été longue, et puis le grand âge gagne. Avec sa chevelure blanche, il ressemble maintenant à un vieux lion. Les ans l'ont courbé mais sa fierté est de marcher sans canne.

« Petit troupeau », songe-t-il en apercevant l'assemblée depuis la sacristie.

Devant lui, cinq religieuses – on les appelle les Petites Sœurs. La plupart sont âgées maintenant, elles vivent dans une cité du quartier, non loin de l'église. Parmi elles, Agnès est la plus jeune, la plus énergique. Côté laïcs, il y a André Mallet et la pimpante Angèle. Tiens, son mari n'est pas là, ce matin. C'est pourtant rare qu'il ne l'accompagne pas.

« Allons, on est au cœur de l'été. Et puis, le 4 août, c'est la Saint-Jean-Marie-Vianney. »

À l'idée de célébrer la messe à la mémoire du curé d'Ars, il se sent ragaillardi, soudain rempli d'une grande joie intérieure.

La place est encore peu fréquentée en cette heure matinale. Le parking est quasi vide. Le scooter qui fait irruption ne se fait pas remarquer pour autant. Peut-être rugit-il un peu trop bruyamment, mais les habitants n'y font plus attention. Tant que le terre-plein ne sert pas d'arène pour des rodéos, comme c'est le cas certaines années… Deux hommes en descendent, garent l'engin, sortent un sac du coffre sous la selle. Ils traversent l'esplanade déserte en se dirigeant vers l'église. Ils cherchent l'entrée. La porte principale, sous le porche, est fermée : elle n'ouvre que le dimanche pour la grand-messe. En semaine, les fidèles savent qu'il faut passer par le chevet.

L'office est sur le point de se terminer. Le père Tellier vient de ranger le ciboire dans le tabernacle, il a vidé les burettes, nettoyé le calice et les coupes sur l'autel, et s'apprête à gagner la sacristie quand Daoud Berteau et Hicham Boulaïd surgissent. Ils sont vêtus de djellabas.

I

— Maman, est-ce que je suis musulman ?

David et Laure viennent de regarder un épisode de *Homeland.* Depuis plusieurs semaines, ils sont captivés par de lancinantes questions : le sergent Brody a-t-il été retourné pendant sa captivité en Irak ? Et Carrie, est-elle géniale ou dangereusement bipolaire ? La réponse est de moins en moins évidente. Laure a son idée sur le sujet, David la sienne. Ce soir, il a apporté un plateau avec deux verres de jus d'orange, et des fraises Tagada à grignoter, s'est blotti contre sa mère dans le grand canapé du salon encombré de coussins, et a lancé la série qui s'ouvre toujours sur le visage endormi de Carrie, avec cette annonce : « Les forces aériennes et navales des États-Unis ont lancé une série d'attaques contre des bases terroristes… »

David aime ces soirées à la maison avec Laure. Son père, François, est absent, un dîner du Rotary l'a retenu dans un restaurant de la ville.

« Alors, les ados, on a passé une bonne soirée »,

leur lancera-t-il en rentrant, les voyant lovés l'un contre l'autre : à chaque séance, David redevient l'enfant qu'il était encore quelques années plus tôt, et Laure une fille en chaussettes.

Le générique de fin vient d'apparaître ; saison après saison, le fils et la mère pourraient le réciter par cœur : « Co-producer Karie O'Hara… » Laure hésite à lancer un autre épisode. C'est tentant, les scénaristes n'ont pas leur pareil pour interrompre leur histoire sur un suspense qui donne envie de visionner aussitôt la suite. Mais elle ne veut pas se coucher tard, elle a un rendez-vous tôt à son cabinet, le lendemain.

— Réponds, maman : est-ce que je suis musulman ?

— Mais quelle idée !

Laure a répondu d'une voix moins calme qu'elle ne l'aurait voulu ; un grand froid l'a envahie. Pourtant, cette question, elle l'attend depuis vingt ans ; elle la redoute. Jamais elle et François n'ont caché à David qu'il avait été adopté. Chaque année, le jour de son arrivée chez les Berteau est fêté comme un anniversaire. Ils gardent précieusement dans une boîte d'un semainier un dossier sur Daoud M. de nationalité française, né à Roubaix en 1996. De père inconnu. La mère, en revanche, s'appelle Salima M. Quinze ans. L'histoire de Daoud est banale : trop jeune, Salima a confié son bébé dès sa naissance à l'Aide sociale à l'enfance. A-t-elle agi à l'insu de ses parents ou poussée par eux ? Qu'importe.

Daoud n'a passé que quelques minutes dans les bras de Salima, il a été aimé, élevé par les Berteau. François et Laure l'ont prénommé David, non qu'ils aient apprécié ce prénom. C'est même le contraire.

— Ça ne fait pas trop juif, non ? avait demandé François, rigolard, à ses amis.

— T'es con. Ginola n'est pas juif. Et David Bowie non plus.

Ils ont simplement traduit Daoud par son équivalent. Pour ménager son identité. Laure, qui a lu des livres de pédiatrie, s'est dit que son enfant serait moins perturbé de s'entendre appeler David après Daoud. Par ce choix, elle a aussi le vague sentiment de respecter l'histoire de cet enfant.

Très tôt, ils lui ont raconté son arrivée dans leur foyer, comme on raconte un conte de fées. Après des années de mariage, puis le recours à un psychologue et plusieurs traitements infructueux, Laure et François Berteau s'étaient résignés à adopter. Devaient-ils se rendre en Colombie, en Corée ? La mode était à la Russie, nouvellement ouverte. Toutes ces possibilités leur donnaient le vertige. Ils s'étaient rendus à d'innombrables réunions d'information, écoutant les questions posées. Que savait-on des enfants ? Leur hérédité était incertaine. Dans l'assistance, il se disait que les Colombiens étaient violents, que les Russes avaient de l'alcool dans leur ADN. Après plusieurs semaines de tergiversations, les Berteau s'étaient rebiffés : choisit-on un enfant comme une destination chez un voyagiste ? *All inclusive* ? Ils avaient refusé ce marché qui ne disait pas son nom et les mettait mal à l'aise, et s'en étaient remis aux services de l'Aide sociale à l'enfance.

— Adopter c'est un acte d'amour total, a expliqué Laure à son entourage ; on ne pose pas de conditions à l'amour. Nous prendrons l'enfant qu'on nous enverra, quel que soit son sexe, quelle que soit son origine.

Entretiens socio-éducatifs, agréments des services départementaux, apparentement, demande d'adoption devant le tribunal de grande instance, ils ont suivi docilement la procédure. Quelques années plus tard, la jeune femme serrait dans ses bras un petit garçon, attendrie comme toutes les mères du monde. Pour résumer l'histoire de Daoud, les Berteau parleraient de sa mère biologique et de sa mère d'amour.

— Tu es français, David. Tu es né à Roubaix comme ta mère biologique. Mais musulman… Non. Pourquoi musulman ?

Laure n'a jamais réfléchi à ce point. Appartient-on à une religion par hérédité, par tradition, par choix ? David est arrivé à l'âge de dix mois, fêté comme un petit roi. Et les Berteau ont agi avec lui exactement comme ils l'auraient fait pour leur enfant biologique. À la fin de son congé parental, Laure a repris son travail dans le cabinet d'assurances que François et elle possèdent. Elle a alors confié son fils à une première nounou, Malika. Un soir, en rentrant, Laure l'a entendue lui chanter une comptine. En tendant l'oreille, elle s'est rendu compte que les paroles étaient en arabe. Sans qu'elle puisse bien expliquer pourquoi, ce détail lui a déplu. Elle s'est séparée de Malika, brutalement, sans donner d'explications, et a trouvé une autre nounou pour David, une Philippine nommée Lucia.

David a été baptisé, comme ses parents eux-mêmes l'ont été, dans un réflexe d'héritage et d'enracinement. Les Berteau sont-ils chrétiens ? Un sondeur leur poserait la question, qu'ils hésiteraient... À quoi engage cette affirmation ? Croient-ils en Jésus-Christ mort et ressuscité ? Hum... Ils vont à la messe deux fois par an, à Noël et aux Rameaux, à peine plus. Laure revoit sa mère disposer dans la maison les branches de buis bénies par le prêtre, les glisser sous un crucifix ou une miniature de la Vierge, mue par la conviction que ce geste apportait une bénédiction sur la maison. Ces fêtes sont insérées dans la vie quotidienne, l'enfance, l'amour, la nature. Le baptême pour leur enfant ? Oui, une tradition. Et peut-être plus profondément une superstition : les paroles prononcées sur lui, le geste de l'eau et de l'huile, rien de tout cela ne peut être inutile pour appeler une protection que Laure et François eussent bien été en peine de nommer.

Quand il a eu huit ans, les Berteau ont inscrit David aux scouts de la paroisse voisine. À sa demande : un de ses amis de classe l'y a entraîné. Les récits du lundi relatant les grands jeux en forêt, les feux, la veillée, ont illuminé sa jeune imagination. Ni François ni Laure ne connaissent le scoutisme, sauf par la bande dessinée et le cinéma. Ils ont consenti sans difficulté. Si ça fait plaisir à David. Dès qu'ils ont vu leur garçon en uniforme bleu avec son foulard vert et jaune, ils ont craqué. Le béret lui donnait un air à la fois sérieux et cocasse. Et, le dimanche soir, il revenait de ses sorties crotté, enrhumé et ravi, avec tant de choses à raconter.

— C'est « le Petit Nicolas », disait François, attendri et fier.

Le premier week-end où David a dormi sous la tente, il faisait froid ; la météo annonçait de la pluie en soirée et du gel au petit matin. Laure a eu le cœur serré, mais n'a rien dit. Toute remarque aurait agacé François :

— Il faut qu'il s'endurcisse un peu...

L'engagement de leur fils aux scouts a rapproché les Berteau de la paroisse de leur quartier. Ils l'accompagnent à la messe et trouvent la communauté chrétienne sympathique. Des pots de l'amitié ponctuent souvent les cérémonies, pour l'accueil des nouveaux, le lancement du catéchisme, la fin de l'année, la galette des Rois. « Nous sommes une religion de l'incarnation », dit gaiement le curé, en invitant les paroissiens à ces agapes. Ces apéritifs ont lieu dans la cour, s'il fait beau, ou dans une grande salle attenante à l'église. Ils y retrouvent des voisins, des amis. Cette fréquentation n'est pas pour les Berteau le gage d'une grande foi en Dieu, celle contenue dans le Credo qu'ils murmurent machinalement pendant la messe, mais elle est cohérente avec leur vie du moment. Elle leur a même rapporté des clients, parmi les paroissiens.

— *Good deal*, a commenté François.

Un jour, David a arrêté les scouts. Quinze ans, il avait passé l'âge, pensait-il. À sa demande, ses parents l'ont inscrit au rugby. C'est sa nouvelle passion. Les entraînements ont lieu le mercredi matin et les matchs le dimanche, à l'heure de la messe. François accompagne donc David, notamment lors des déplacements dans le département. Un temps, Laure a continué de fréquenter la paroisse, sans ceux qu'elle appelle « mes hommes », et puis elle a renoncé ; elle profite désormais de ce qu'elle est seule pour avancer à la maison des dossiers urgents rapportés du cabinet.

Sur le terrain, la vitesse de pointe de David fait merveille. Il joue à l'aile. Quand il est lancé personne ne peut l'arrêter, il n'a pas son pareil pour percer les lignes adverses, zigzaguer, feinter, raffûter et sa course s'achève souvent dans l'en-but adverse. Grand, mince, c'est un feu follet. S'il continue comme ça, l'entraîneur le dit, il pourra intégrer l'équipe première du RC Brandes qui joue en Fédérale 2.

En grandissant, David est devenu un beau garçon, soucieux de son apparence. On le prend souvent pour un Italien.

« Quelle différence ? C'est la Méditerranée », se dit Laure.

En ville, un patron de pizzeria, ami des Berteau, engage comme extras des serveurs marocains qu'il appelle Marco ou Enzo devant les clients ; ceux-ci n'y voient que du feu, en entendant les garçons vanter la Margherita ou la Napolitaine avec un accent de série télévisée. Imperturbable, il explique :

— Si de vrais Italiens débarquent, là c'est moi qui m'en occupe.

II

Après le bac, Frédéric Nguyen ne savait pas trop quoi faire. Il voulait surtout épater Audrey, avec qui il sortait depuis un an. Gagner un championnat de moto. Faire le Paris-Dakar. Ça serait bien, ça, le Paris-Dakar… L'avenir selon lui se passerait nécessairement sur une grosse cylindrée. Audrey voyait les choses autrement.

Jusqu'à ce qu'il rencontre la jeune femme, Frédéric n'aimait que la moto. Quand il démarre sa 500 cm^3, il jouit d'entendre le moteur vrombir, puis de sentir l'engin entre ses cuisses, qui lui obéit sur un simple mouvement de poignet ou une pression du pied. Ça vibre sous lui. La machine accélère ou s'apaise, il la dompte comme un animal. Il se sent tout-puissant. Quand il sillonne seul les routes du département, entre les vignes et les champs de tournesol, la vitesse le grise, il dessine des courbes harmonieuses pour dépasser les voitures, cela suffit à son bonheur. Il observe le rythme des saisons à 130 km/h. La campagne est toute proche et il longe le fleuve durant des kilomètres sur des chemins blancs de craie, éclatants au moindre rayon du soleil. Il est saisi d'un irrépressible besoin de vivre intensément. Parfois il croise un autre motard qu'il salue d'un geste, les deux doigts levés en V. En commun, ils ont la certitude d'appartenir à une caste orgueilleuse. Les embouteillages, c'est bon pour les automobilistes, la lenteur, pour les cyclistes et les piétons.

Sa première moto fut une modeste 125. Quand il l'enfourchait, Frédéric avait conscience d'être au bas de l'échelle. Les « gros cubes » le regardaient avec commisération. Avec sa 500 cm^3, maintenant il est des leurs.

Depuis qu'il fréquentait Audrey, la moto c'était la promesse d'une bonne journée en sa compagnie. La semaine, il travaillait dans un Quick comme équipier sur un rond-point menant à l'autoroute. Ça se passait bien et son manager voulait le faire passer chef d'équipe. « Si on allait à la plage, dimanche ? » Dès l'arrivée des beaux jours, il passait prendre Audrey chez elle, tôt. Elle sortait de son immeuble, ses cheveux auburn en liberté, un sac de plage sur l'épaule. Un éblouissement. Elle montait derrière lui et il démarrait. Sa présence dans son dos, serrée contre ses reins, ses bras autour de sa taille le remplissaient d'aise. L'air était frais, presque froid encore. Hors saison, la route était déserte, la lumière n'avait pas le teint blanc laiteux qu'elle prendrait vers midi. Sur la longue ligne droite qui conduisait à l'océan, il accélérait, connaissant par cœur la route et ses intersections, à travers les pins parasols. Les enseignes publicitaires vantaient des campings, des attractions estivales, des centres commerciaux. Ils traversaient des coins calmes pour quelques semaines encore.

Il fallait finir en marchant sur de longues allées de sable. Ils s'arrêtaient au pied d'une dune, de préférence à l'ombre d'un groupe de tamaris, se délestaient de leur harnachement, combinaison intégrale, casque, bottes. La mer était à deux pas, on entendait son roulement.

Pour une femme, s'installer sur la plage relève d'un cérémonial précis. Frédéric l'a découvert avec Audrey. Elle choisissait sa place avec soin, ni trop près ni trop loin de l'eau, à bonne distance des autres, mais pas au point d'être isolée. Une fois fixée, elle posait son sac sur le sable, se saisissait d'une serviette qu'elle dépliait soigneusement, ôtait sa tunique, son short, les pliait. Puis elle s'asseyait, se coiffait pour dégager sa nuque. Elle s'emparait de la bouteille de crème solaire, en prenait sur le bout de ses doigts, s'en enduisait les épaules, les bras, les cuisses, le ventre, ajustait les bretelles de son maillot. Alors seulement, elle s'allongeait, s'abandonnant à un demi-sommeil ou se plongeant dans un livre. Au bout d'un moment, Audrey ouvrait l'œil et lançait :

— On va se baigner ?

Ils couraient vers l'eau, s'éclaboussaient, riaient, plongeaient ; Frédéric attrapait Audrey qui criait, la soulevait et la jetait dans l'eau, elle essayait de lui faire boire la tasse, ils luttaient en riant. Enfin, ils nageaient, longtemps si l'eau était bonne, avant de remonter vers leurs serviettes.

Allongé au côté d'Audrey, Frédéric sentait le soleil lui chauffer le dos. Il rêvait, en lui effleurant machinalement le haut de la cuisse du bout des doigts. Bercé par le brouhaha des baigneurs et des vagues, il regardait la plage, comme un spectacle sans paroles, les sportifs, ceux qui se promenaient, ceux qui jouaient avec leurs enfants, ceux qui bronzaient.

— Je te prends un peu de ta crème…

— Coquet.

— Les garçons aussi ça craint les coups de soleil !

La chaleur et le bruit de la mer avaient des vertus apaisantes. Sous le cuir de la combinaison, les corps salés et sablés procuraient une curieuse sensation. Le soir, la peau d'Audrey avait conservé la douceur et la chaleur du soleil, et parfois aussi quelques grains rapportés de la plage dont il la débarrassait d'un geste qui devenait vite une caresse.

De cette vie sans contraintes, Frédéric se serait aisément contenté. Mais Audrey ne l'avait pas entendu de cette oreille.

— Tu ne vas pas passer toute ta vie au Quick.

— Je veux bien faire n'importe quoi, à condition de continuer à faire de la moto. C'est l'essentiel, ma moto.

— Seulement ta moto ?

— Ma moto, et toi !

Comment l'idée lui était-elle venue ? Frédéric n'aurait pas su le dire. Ce qu'il savait c'est qu'elle réfléchissait à son avenir. S'il vivait au jour le jour, elle, elle anticipait.

— La police, t'es sûre ?

— Pourquoi pas ? J'ai vu un sujet à la télé. Ça t'irait très bien. En tout cas, dans la police il y a des motards.

Il avait accepté d'y réfléchir, d'un ton évasif, puis consenti à s'inscrire au concours, du bout des lèvres. Une lubie d'Audrey, ça lui passerait. Mais elle était allée chercher le dossier d'inscription et avait veillé à ce qu'il se procure les pièces demandées, qu'il fasse des photos d'identité, puis insisté pour qu'il remplisse le document dans les délais.

— C'est toi qui devrais passer le concours.

Audrey savait ce qu'elle faisait. Elle connaissait Frédéric, et devinait que le quotidien de policier assouvirait sûrement son envie de bouger, de se dépenser, plus qu'un poste chez Quick. « Poursuivre le crime » : Frédéric avait souri à l'énoncé de ce cliché. Il ne se sentait pas l'âme d'un héros. Mais la phrase réveillait quelque chose en lui : être empli du sentiment d'être utile aux autres, ça lui plaisait ; et si c'était à moto, alors…

C'est son grand-père qui avait été content. De Nguyen Ngoc Bui, Frédéric avait hérité un nom qui disait ses origines, une peau douce, imberbe, d'épais cheveux noir corbeau, de beaux yeux en amande. Et c'était tout. Maintenant le Vietnam était loin ; en deux générations, les Nguyen avaient changé d'horizon, oublié Saïgon, qu'ils n'arrivaient pas à appeler Hô Chi Minh-Ville.

Quand les Nguyen avaient quitté le Vietnam, Thuy, la mère de Frédéric, avait dix-huit ans. Fuyant un pays dévasté par la guerre civile, ils avaient passé de longs mois en Thaïlande dans un camp de réfugiés, avant que le Secours catholique, qui les avait pris en charge, ne les mît dans un vol pour Paris. Thuy racontait à son fils l'arrivée à l'aéroport d'Orly dans la nuit, les annonces sonores et incompréhensibles au milieu du vaste hall envahi par la foule étrangère. Il y avait des gens qui criaient et faisaient de grands gestes, des douaniers en uniforme, des caméras et des micros. Tout lui avait paru interminable, les formalités, les imprévus, la prise en charge par une association. Les Nguyen s'étaient laissé conduire d'un comptoir à l'autre. Après quelques jours passés dans un foyer parisien boulevard du Montparnasse, ils avaient été installés en province, dans une ville du Sud-Est où l'association avait une antenne, un local et un réseau de bénévoles.

Nguyen Ngoc Bui avait d'abord accepté un poste de veilleur de nuit, le temps d'apprendre le français. Au bout de quelques mois, il avait lu sur une petite annonce que la grande maison de la presse du centre-ville cherchait un magasinier. Tous les jours, il se levait tôt pour réceptionner les paquets de journaux qui arrivaient en camionnette. *Le Provençal*, *Le Méridional*, *Le Monde*, *Le Figaro* et les innombrables hebdomadaires. Bui empoignait, vérifiait, rangeait. Vers 7 heures, il fixait une pile sur sa bicyclette et faisait le tour des bistros de la ville afin d'en déposer un exemplaire. Chaque comptoir avait son quotidien, et ses clients. Il en profitait pour boire un café, et écouter les nouvelles de la ville de la bouche des plus matinaux. Il rentrait au magasin et gérait les stocks dans l'arrière-boutique jusqu'à l'ouverture. La presse, mais aussi des cartes postales et des cartes routières, des briquets jetables, des porte-clés, des bracelets de montre. Ce bric-à-brac lui rappelait l'épicerie de Saïgon, boulevard de la Somme.

Frédéric se souvenait de ses vacances d'enfant. Son grand plaisir était d'accompagner Bui dans sa tournée. Le jour pointait à peine, la température était encore fraîche. Les gens dormaient, pour la plupart. De cette époque, le garçon avait gardé un vif goût du décalage. À l'aube, ou à minuit, c'est la même impression : la ville et ses rues désertes semblent appartenir aux hommes éveillés, aux courageux, aux insomniaques et autres esseulés ; il avait appris à aimer la compagnie de ces êtres à part.

Dans leur maison provençale ornée d'une treille et de magnifiques lauriers-roses, les Nguyen avaient reproduit leur intérieur de Saïgon avec les clochettes de l'entrée et des pièces meublées de coffres en bois et de lits orientés vers l'est, selon la tradition, pour éviter le malheur. De la rue, cependant, rien ne transparaissait ; seul un passant attentif aurait remarqué que la cuisine était située dans un petit bâtiment dans le jardin. Enfant, Frédéric se souvenait de sa grand-mère en *áo dài*, allant et venant entre la cuisine et la maison, un plat à la main. Cela pouvait passer pour la maniaquerie d'une maîtresse de maison répugnant aux odeurs dans son intérieur. Au Vietnam, on faisait ainsi.

La famille se fondait parfaitement dans la société française. À peine Bui, quand il le pouvait, prenait-il un jour de congé pour fêter avec les siens la fête du Têt. Frédéric s'interrogeait : avait-il le mal du pays ? Lui ne connaissait pas le Vietnam, et se le représentait à grand renfort de photos et de films : d'immenses rizières qui occupaient les femmes courbées en deux, de l'eau à mi-mollet pour le repiquage, des paysages grandioses où les hommes semblaient minuscules, de petits points, des troupeaux de buffles et des cochons sauvages dans la nature luxuriante et odorante, de ces ciels chargés de nuages qui se fendaient soudain, telles des citernes délivrant des pluies torrentielles durant une saison. Comment imaginer que Bui ait laissé sans douleur Saïgon l'industrieuse qui faisait commerce de tout, pour une paisible petite ville de France, si loin de son histoire ? Il ne se plaignait jamais. Parfois Frédéric l'entendait chantonner, à mi-voix avec le fort accent qu'il conservait : « Que foutais-tu à Saïgon, ça ne pouvait rien faire de bon... », se demandant ce que ça voulait dire et d'où son grand-père tenait cette chanson.

À la bibliothèque de la ville, Frédéric avait

découvert des récits consacrés à la guerre d'Indochine. Les éditeurs en publiaient en rafale ; la mémoire d'une génération de témoins se réveillait. Il regardait les livres dont les couvertures montraient uniformément des soldats avec de l'eau jusqu'à la taille, ou marchant dans la jungle. Il les avait ouverts avec un mélange de curiosité et de crainte, comme s'il risquait de réveiller quelque esprit maléfique. Il en avait emprunté un qu'il avait montré à son grand-père, parce qu'il portait un joli titre : *Sud lointain*, la traduction française de Vietnam. Bui avait feuilleté l'ouvrage, et le lui avait rendu avec ce commentaire laconique :

— C'est loin tout ça…

Quand Thuy annonça qu'elle était enceinte, et qu'elle n'envisageait pas de vivre avec le père de l'enfant, Nguyen Ngoc Bui n'exprima rien. Son visage même n'exprima rien. Il avait connu l'exode, les camps et leur précarité. La vie lui avait appris à endurer. Les paroles de déploration, de colère ou de joie ne changeaient rien au cours des jours, qu'ils soient fastes ou néfastes. Mais Thuy devina ses pensées. Une seule question : le père est-il vietnamien ? Elle connaissait son opinion selon laquelle par des unions mixtes, et en recourant aux prénoms occidentaux, les Vietnamiens se coupaient de leurs racines. Alors que l'exil est déjà une épreuve, une fragilisation. À la faculté d'Aix où elle faisait ses études, Thuy s'était amourachée d'un de ses condisciples, un fils de pied-noir charmeur et inconstant. C'était la première fois qu'elle ouvrait son cœur. Elle avait vécu une passion puissante, bancale et éphémère. Le garçon avait vite fait défaut. Quand elle était tombée enceinte, Thuy ne l'avait pas prévenu. Elle savait déjà qu'il n'en valait pas la peine. L'enfant qu'elle portait serait la consolation de son premier chagrin d'amour.

Elle avait accouché d'un garçon et lui avait donné son nom : Nguyen. Cette naissance assurait à son père d'être honoré après sa mort : chez les Vietnamiens, le culte des morts est l'apanage des mâles. Mais elle avait choisi pour l'enfant un prénom français : Frédéric.

Dix ans plus tard, son patron parti à la retraite, Nguyen Ngoc Bui reprenait la maison de la presse et la développait. Désormais, à côté des journaux et des magazines, il y aurait un abondant rayon papeterie, des livres, des piles de montre que Bui avait appris à changer, et même des cassettes vidéo.

III

M. et Mme Mauconduit étaient tombés des nues. Agnès venait de rompre avec Jacques, qu'elle fréquentait depuis quelque temps ; ce n'était pas la première fois qu'elle éconduisait un garçon, et ses parents étaient intrigués ; inquiets même. Les filles des années soixante-dix revendiquaient leur liberté, mais tout de même. Agnès avait vingt-sept ans, elle était grande, jolie, enjouée, en âge de se marier et ils étaient nombreux à s'empresser autour d'elle. Ce Jacques était très bien. Pourquoi pas lui ? Pourquoi attendre ?

— Tu ne veux tout de même pas être bonne sœur !

— Si, justement…

D'où lui était venue cette idée ? Et puis religieuse, peut-être, mais où ? Bénédictine, dominicaine, sœur de la Visitation, carmélite ? L'Église ne manque pas d'ordres féminins – le curé de Saint-Pierre-du-Gros-Caillou disait toujours avec malice que leur nombre est la seule chose que

Dieu ignore. La plupart sont des institutions anciennes, solides, sérieuses. Connues et reconnues. La tante Thérèse elle-même, sœur aînée de M. Mauconduit, a montré l'exemple. Au carmel de Marseille où elle vit depuis un demi-siècle, on va la voir une fois par an. On est admis dans un parloir coupé en deux par une grille. D'un côté les visiteurs, de l'autre la religieuse. Si on veut lui faire passer des colis, des lettres, des cadeaux, c'est par un tour, même pour des nouveau-nés, afin qu'elle puisse les prendre dans ses bras quelques instants. Et puis, quand la visite prend fin, la lourde porte se referme. Pour un an.

— Petite Sœur de Jésus ? Quel drôle de nom !

Mme Mauconduit le trouve même un peu puéril. Les Petites Sœurs de Jésus ont été fondées quelque trente ans plus tôt. Leur vocation : être, au cœur du monde, des présences visibles ou non de Jésus-Christ. Leur fondatrice, Magdeleine Hutin, a été frappée non pas tant par la misère que par la froideur de la société de son temps. Les hommes meurent autant de faim que de manque d'amour. Sous sa houlette énergique, les Petites Sœurs ont établi des communautés de vie partout, parmi les ouvriers de la banlieue nord de Paris ou les forains, mais aussi à Soweto, à Buenos Aires. Même chez les Pygmées et les Touaregs où des religieuses vivent, nomades, sous la tente.

Petite Sœur Magdeleine est de la race de ceux qui déplacent les montagnes et bousculent l'Église. Catherine de Sienne, Thérèse d'Avila, mère Teresa devaient être aussi comme ça. Son énergie est sans frontières. Tous les ans, elle se rend en Europe de l'Est, traversant le rideau de fer pour établir et visiter des Petites Sœurs – là ce n'est plus le désert mais un autre enfouissement, le silence des barbelés, les persécutions. Pareil effacement ne déplaît pas à l'infatigable religieuse, il est un signe discret et fervent au milieu des hommes, à l'instar de la vie cachée du Christ : c'est le temps de Nazareth, qui prépare la montée vers Jérusalem.

Quand des Petites Sœurs sont venues à Saint-Pierre-du-Gros-Caillou pour présenter leur ordre, la crypte était pleine. Elles étaient gracieuses, joyeuses et disertes. Rien ne leur semblait impossible. Agnès n'a pas perdu un mot de leurs propos de feu. Ils lui ont aussitôt évoqué un livre qu'elle vient d'achever, la biographie d'un officier bambochard devenu ermite au fin fond du Sahara, en imitation de Jésus : Charles de Foucauld. Oui, les Petites Sœurs veulent vivre selon le message de celui qu'elles appellent le frère Charles : il disait qu'il fallait se faire des musulmans des « amis sûrs » avant de songer à leur annoncer le Christ. D'ailleurs, Petite Sœur Magdeleine a donné à ses communautés d'Afrique du Nord un joli nom : « les fraternités des dunes ».

Agnès y a aussitôt vu l'œuvre de Dieu. À côté de cette aventure, la vie de ses parents à laquelle elle semble destinée lui a paru fade ; conventionnelle.

— Je veux vivre au cœur du monde. Pas derrière une clôture, comme tante Thérèse.

M. et Mme Mauconduit écoutent leur fille décrire cet ordre qu'elle voudrait rejoindre. Les Petites Sœurs sont jeunes, audacieuses, imprévisibles. La maison mère de Tre Fontane près de Rome, elles l'ont construite de leurs mains. Pour se déplacer à travers l'Europe, elles font de l'auto-stop, quitte à dormir dans la rue ou les gares au côté des routards. Mme Mauconduit s'est récriée.

— Des routards, mais c'est très dangereux...

— Qu'est-ce qu'elles risquent, maman ? Elles ne possèdent rien. Leur vertu ?

Agnès est partie d'un grand rire. Elle en est persuadée : si Dieu est avec elles, qui sera contre ?

Les Mauconduit ont consenti. Agnès a l'air si heureuse. Elle est devenue Petite Sœur Agnès de Jésus. À son tour, elle a revêtu l'habit et le voile bleus de l'ordre, qui se marient si joliment à ses grands yeux. « Petite sœur », une appellation affectueuse qu'elle aime bien. Être la sœur de tous, bien sûr, mais surtout la dernière, la plus humble, celle qui sert, ce programme lui plaît.

Ses parents observent Agnès hier si insouciante, qui aimait tant sortir et danser, aujourd'hui métamorphosée. Quelques jours avant son départ pour l'ordre, elle n'avait pas abdiqué sa coquetterie. Sa mère l'avait surprise devant la glace en train de se maquiller consciencieusement pour sortir.

— Agnès, enfin ! Tu entres dimanche au...

— Justement, j'ai jusqu'à dimanche, j'en profite !

Désormais, de son ancienne vie, seules demeurent la gaieté, l'énergie et cette capacité à s'émerveiller devant le monde et les êtres qui le composent.

Agnès avait un peu voyagé à travers la France, mais n'avait jamais quitté l'Europe. Un séjour en Angleterre, comme jeune fille au pair, et des vacances en Italie, entre Assise, Florence et Rome, ce sont les seuls pays inscrits sur son passeport. Les Petites Sœurs de Jésus ont envoyé la novice en Afrique du Sud, à Soweto, le plus grand township du pays où une fraternité s'est installée. Agnès découvre cette banlieue de Johannesburg traversée par des tensions extrêmes ; elle travaille dans un orphelinat, heureuse de trouver un peu de douceur au contact des enfants. Le contraste avec la France est violent. Tout est si différent. L'Afrique du Sud a érigé la ségrégation en système. Comment des hommes ont-ils pu en arriver là ?

Les enfants du township comblent Agnès et l'émeuvent. Elle aurait l'âge d'en avoir. Elle ne les accueille pas sans ressentir un pincement au cœur. Sont-ils blancs ou noirs, ces nouveau-nés dont elle prend soin ? À la naissance, ces caractéristiques ne sont pas évidentes. Elle aime les humer – qu'ils sentent bon, ces petits ! –, les changer, les langer, les bercer ; prendre entre ses doigts leurs pieds minuscules. Leurs gloussements, leurs cris, leurs pleurs font vibrer en elle une fibre maternelle qui, sans eux, serait restée inerte. Elle savoure ces moments comme un cadeau. Elle sait qu'ils seront un jour happés par leur communauté et par la violence. Petite Sœur Agnès de Jésus essaie de se tenir à l'écart de la politique. Elle écoute les amis de la fraternité qui lui racontent les vexations, les voies de fait dont ils sont victimes ; elle compatit, partage leur quotidien, les aide de son mieux, c'est sa vocation. Mais elle veille à se tenir à l'écart de l'engagement militant, refuse de se rendre aux manifestations, même quand ses amis du quartier la pressent de se joindre à eux. Une religieuse au milieu de la foule agitée, criant des slogans, le poing levé ? Non. « *Not my place* », leur répète-t-elle.

Pendant les rassemblements, elle se rend à l'oratoire et, à genoux, face contre terre, elle prie pour ce peuple blessé que Dieu lui demande d'aimer et de servir.

Quand elle rentre en France pour les vacances, elle séjourne chez ses parents. La première fois qu'elle est arrivée escortée d'une clocharde, c'était quelques jours avant Noël ; à la vue de la femme aux cheveux décolorés et en bataille, vêtue d'un blouson et d'un pantalon de treillis, son père l'a prise à part :

— D'où sort-elle, celle-là ?

— Je l'ai rencontrée dans le train. Elle ne sait pas où dormir.

— Tu ne vas pas la faire coucher à la maison, enfin !

— C’est l’hiver, papa. Même ta voiture est à l’abri dans le garage.

— Il y a sûrement des hébergements en ville, je vais la conduire aux services sociaux.

— Ils m’ont dit que tout est complet.

— Pas question qu’elle reste ici.

— « J’avais froid et vous m’avez hébergé… »

M. Mauconduit a blêmi, et cédé.

« Pauvre papa, songe aujourd’hui Petite Sœur Agnès, je ne l’ai guère ménagé. Il ne manquait jamais la messe, soutenait des œuvres, donnait au mendiant du porche de l’église. Quant à l’accueillir chez lui… »

IV

Le père Georges Tellier est las. Chaque soir, il sent le poids de l'âge dans ses jambes, marche plus lentement. Il est devenu prudent avec son agenda. Il y a quelques semaines, il a demandé à son évêque de lui trouver un successeur à Saint-Michel. Ses paroissiens se sont étonnés.

— Vous allez prendre votre retraite, monsieur le curé ?

— Ça n'existe pas pour les prêtres… Je ferai sûrement autre chose… Tant qu'on peut servir…

La retraite ! Georges a choisi de tout donner au Christ, ses jours, ses soirées, sa vie entière. Alors… Prêtre, ce n'est pas un métier, c'est un état. Comment expliquer ces nuances ? Il n'est pas prêtre comme on est prof de philo, ou conducteur d'autobus, il l'est pour toujours selon l'ordre de Melchisédech, comme dit le psaume.

Les gens ne savent pas. Comment sauraient-ils ? Quand croisent-ils des prêtres ? Rarement. Leur nombre diminue. Leur aura pâlit. Depuis la mort de l'abbé Pierre, on pourrait même penser qu'il n'y en a plus. La télé n'en parle guère. Ce qui n'est pas médiatique n'existe pas. Quant à ceux qui font l'actualité… Pour le grand public, il y a bien le pape François, figure familière des écrans, par sa mine bonhomme et ses déclarations à l'emporte-pièce. Mais les autres…

Ah si, il y a les faits divers. Un prêtre vient d'être arrêté pour agressions sexuelles : quinze ans plus tôt, il a abusé d'une dizaine d'enfants au cours de camps d'été qu'il organisait. Les faits remontent à la surface, comme un cadavre en putréfaction rendu par la mer, après avoir longuement dérivé. La nouvelle est sortie quelques jours plus tôt. Quelle horreur. Devant son poste, Georges en est resté assommé. Cet homme est de sa génération, il se le représente très bien, imagine son idéal de jeune prêtre dans le bouillonnement qui a suivi 68, ses combats pour faire coïncider sa foi, son enthousiasme et la réalité rugueuse, ingrate, de la vie paroissiale. Les jours qui suivent apportent leur lot de révélations poisseuses.

— C'est monstrueux !

Le cri du cœur d'une paroissienne l'a cueilli à son arrivée à l'église. Elle est hors d'elle.

— Comment un prêtre peut-il faire ça ?

— Pourquoi un prêtre serait-il épargné par la turpitude ?

— Quand même…

— Ça fait deux mille ans que Dieu bâtit son Église avec des pécheurs. Il a commencé avec un traître, Pierre, et un assassin, Paul.

— Ce qui est incroyable c'est qu'il y ait encore des chrétiens quand on voit comment agissent ces prêtres…

— Il faut venir à l'église pour le Christ, pas pour le curé. Sinon on est déçu.

Georges a beau faire face, répondre, argumenter, au fond de lui il est d'accord avec elle, il partage sa colère : un prêtre pédophile ? Trahison ! et même double trahison ! Cet adulte a abusé des enfants en se prévalant de son autorité. Pis, il a déshonoré le beau nom de père.

Ce genre de comportement crucifie à nouveau Celui au nom de qui les chrétiens parlent. Il jette l'opprobre sur tous. « Prêtre = pédophile ». « S'il ne l'est pas, il l'est en puissance, ou il le sera un jour. » Ces pensées, il les a lues dans de nombreux regards, dans la rue, à la boulangerie. La croix qu'il porte au bout d'un cordon sur sa chemise le désigne aux yeux de tous. Personne ne l'invective, bien sûr, ou pas souvent, les insultes sont rares, et on n'éloigne pas les enfants quand il arrive ; pourtant, il sent la suspicion, le malaise palpable. On l'aime bien le père Georges, mais avec toutes ces histoires, à qui se fier ? Un lien millénaire avec « Monsieur le curé », personnage familier du village et du quartier, est sur le point d'être rompu. Voilà le résultat de la conduite de quelques-uns.

Sur le parvis de son église où il s'attarde après la messe, allant d'un groupe à l'autre, il entend ses paroissiens :

— Pourquoi les médias sont plus indulgents

avec les profs pédophiles, ou les moniteurs de colonies de vacances ?

Georges songe : serait-ce que l'Église joue encore un rôle dans l'inconscient des Français ? Ces révélations connaissent un immense retentissement parce qu'elles dénoncent la manifestation du plus grand mal dans une institution qui est pour beaucoup encore l'incarnation du bien.

— L'anticléricalisme est en train de ressortir.

— Au contraire, c'est un vieux fond chrétien qui s'exprime. Violemment. On demande beaucoup aux prêtres, parce que, malgré tout, leur exemplarité compte encore. C'est peut-être le seul côté positif de cette actualité sordide.

On est au début de l'été, les vacances arrivent. Les médias s'intéresseront vite à autre chose. La ronde de l'info l'exige. Après la séquence monstrueuse, la séquence festive pointe. Des centaines de milliers de jeunes vont se réunir pour les JMJ, les Journées mondiales de la jeunesse, des dizaines de milliers d'adolescents qui, par leur ferveur et leur gaieté un peu chahuteuse, font le bonheur des caméras et des micros. Georges le sait, ils sont eux aussi, eux surtout, l'Église ; bien plus qu'un vieux prêtre indigne de son sacerdoce, rattrapé par ses agissements coupables. Cette évidence réconforte le père Tellier.

Une Église de pauvres types et de saints anonymes, tel est son quotidien. Et toi, Georges

Tellier, quelle fut ta vie, qu'as-tu fait des promesses de ton sacerdoce ? À cette question, sa colère tombe, se mue en compassion.

Ce soir, il va prier pour ces petites victimes marquées à jamais, et aussi, malgré sa rage et son dégoût, pour le criminel.

V

La cité du Lac, c'était un paradis pour les enfants. Des immeubles plantés dans la campagne. Il suffisait de passer sous une clôture pour se retrouver en plein champ. Aux yeux d'Hicham, c'était la liberté. Son père Brahim Boulaïd avait quitté Tiznit, dans le sud du Maroc, et s'était fait embaucher dans une société de travaux publics : il travaillait à la construction de la nouvelle autoroute qui allait relier Paris au Sud-Ouest. C'est aux commandes de sa pelle mécanique que Brahim avait découvert la France, et la lumière qui tombe sur le paysage dès que l'on passe la Loire : un éclat moins dur que le soleil de son pays. Il avait aussitôt aimé les reliefs aux pentes douces, propices à la culture de la vigne. Les premiers noms de villes françaises qu'il avait appris : Artenay, Blois, Sainte-Maure-de-Touraine, Villerbon, Dœuil-sur-le-Mignon, les sorties d'autoroute prévues par le tracé.

Brahim Boulaïd a fait venir sa famille en France, sa femme Asma et leurs trois filles. À cette époque-là, il travaillait sur un autre chantier, celui de l'A 26, qui traversait la Champagne. Hicham naîtrait à Troyes au début des années quatre-vingt-dix. « Mon petit Français », dirait Asma très fière d'avoir un garçon, huit ans après la naissance de sa dernière fille. Les Boulaïd ont emménagé dans un appartement de la cité du Lac, en lisière de la ville : une tour et trois barres posées sur une dalle, non loin d'un plan d'eau qui a donné son nom à l'ensemble ; « son nom et ses moustiques », précisait Brahim en riant. L'endroit était plaisant, une bretelle de route récemment construite permettait de gagner rapidement le centre-ville, en voiture ou à mobylette par une piste cyclable. À l'époque, ces ensembles étaient la fierté des urbanistes, les jeunes arbres plantés autour des immeubles étaient des promesses.

Brahim s'absentait durant la semaine, vivant sur le chantier, hébergé dans des baraquements préfabriqués. Asma avait fort à faire avec les quatre enfants. Mais la solidarité à l'intérieur de la cité suppléait à l'absence. Les Boulaïd arrivaient du Maroc, leurs voisins de palier de la campagne française. Ceux de l'étage du dessus du Portugal. Dans l'immeuble voisin, c'étaient surtout des rapatriés d'Afrique du Nord. La plupart des hommes travaillaient à l'usine de pétrochimie. Dès l'arrivée des beaux jours, on descendait des chaises et on causait devant l'immeuble, en regardant jouer les enfants, jusqu'à la tombée de la nuit. Quand les femmes remontaient pour préparer le dîner, les hommes restaient silencieux, et l'on voyait leurs cigarettes rougeoyer dans la pénombre.

Les Boulaïd étaient heureux. La région, son climat et son relief, leur convenait bien. Bien sûr, le village natal était loin, mais la vie était facile. Par la cuisine, Asma gardait à son foyer la saveur du pays natal. Elle peinait cependant à trouver de la coriandre et des feuilles de brick dans les magasins de Troyes, alors, souvent, elle improvisait et, apportant le plat sur la table, disait immanquablement : « Ce n'est pas tout à fait ça… il n'a pas le goût habituel. » L'insatisfaction de principe de la cuisinière faisait sourire Brahim et l'attendrissait.

Durant le ramadan, Asma fabriquait des briouates et la traditionnelle chorba. Au début, ce qui n'était pas facile ici, c'était de pratiquer la religion. La ville ne possédait pas de mosquée, pas même de salle pour accueillir les croyants. Ce n'est que plus tard qu'un lieu leur serait octroyé. Mais il ne serait venu à l'idée de personne d'en réclamer une. Dans leur salon, les Boulaïd récitaient les prières d'une traite, le soir, après la journée. Pour le reste… autant que possible, ils évitaient le porc et l'alcool. D'un vieil imam, Brahim avait retenu cet enseignement : dans sa sagesse, le Prophète a prévu les difficultés que peut rencontrer le croyant en pays non musulman. Il faut souvent composer. Les Boulaïd priaient, jeûnaient durant le ramadan, pratiquaient l'aumône. Chez elle, Asma veillait à cuisiner halal. Ils s'estimaient en règle avec Allah.

Leurs enfants grandissaient dans la société française. Au collège voisin, rien ne distinguait les jeunes Boulaïd des autres élèves. Dounia, Najet et Samia portaient jupes ou jeans slim, comme leurs copines. L'été, à la plage du lac aménagé, elles arboraient un maillot dernier cri. Brahim et Asma trouvaient les tenues de leurs filles parfois un peu osées, mais ils se disaient qu'on vivait ainsi en France, et que c'était la mode. Leurs déambulations dans le centre-ville piétonnier, le week-end, les confortaient dans cette opinion.

Ce qui faisait la fierté de Brahim, c'étaient les résultats scolaires de ses filles. Travailleuses, perfectionnistes, « comme leur mère », songeait-il. Bientôt Dounia irait à la faculté de médecine, Najet et Samia passeraient des concours administratifs. Elles faisaient leur chemin. Il se souvenait du jour où elles étaient parties en classe verte. L'institutrice avait recommandé aux mères d'écrire des lettres qui seraient remises aux enfants au cours du séjour. Asma avait été obligée de demander à l'assistante sociale de les rédiger pour elle. Le rouge au front. Pour elle et pour Brahim qui parlait toujours un français sommaire après toutes ces années, cette accession de leurs filles aux lieux d'excellence de la société était une source de joie. La France était une mère généreuse.

Il n'en allait pas de même avec Hicham. Leur seul fils. Jogging informe, écouteurs sur les oreilles, lui aussi, à sa manière, avait tout du petit

Français. Mais c'est peu dire qu'il était moins assidu que ses sœurs à la table des devoirs. Sorti de l'école, il rejoignait ses copains au terrain de foot ou dans les rues adjacentes et ne regagnait le domicile familial qu'à la nuit tombée. Le lendemain, il refusait de se lever. Asma se désolait. Brahim était toujours loin durant la semaine, pas évident dans ces conditions d'éduquer un garçon. Leur fils était chétif, mais de nature agitée. Elle ne parvenait pas à le dompter et quand son mari rentrait le week-end, elle sentait bien qu'il n'en avait ni l'envie ni la force. Un jour qu'il était intervenu pour le corriger, Hicham lui avait lancé, les yeux brillants : « Toi t'as rien à me dire, t'es jamais là. »

Brahim avait baissé la tête. Son fils ne savait rien de ses journées sur les chantiers, par tous les temps, des aboiements du contremaître, des repas et des nuits dans des baraquements à tenter de reprendre des forces, au milieu des ronflements des hommes abrutis de bruit et de mauvaise bière. Le moteur de la pelle mécanique résonnait dans sa tête, tandis qu'il cherchait le sommeil ; Brahim ne se plaignait pas, *inch'Allah*, il attendait le week-end avec impatience. Pour tenir jusque-là, il travaillait en serrant les dents et le soir jouait aux cartes avec ses collègues en parlant du pays, et en buvant un thé.

Hicham était devenu la coqueluche des adolescents du Lac par son audace, sans bornes. « Pas cap ? » lui lançaient ses copains. Hicham était toujours « cap ». De sauter avec son vélo le tremplin toujours plus haut qu'ils avaient construit. De traverser la voie rapide en courant, malgré les risques d'accident. De voler un paquet de Chupa Chups. Après l'école, lui et ses copains passaient le plus clair de leur temps dans la galerie commerciale, à jouer à cache-cache avec les vigiles. Cap de ramener le CD de Diam's ? Hicham courait vite, il n'avait pas son pareil pour slalomer entre les voitures du parking, et disparaître derrière un talus. Sous son blouson, il tenait le produit de son forfait qu'il revendait à un copain. La première fois qu'il s'était fait prendre par le videur, Hicham avait déclaré qu'il n'avait pas ses papiers, que ses parents n'avaient pas le téléphone. Il en avait été quitte pour un sermon du directeur du supermarché. Brahim et Asma n'avaient rien su de l'affaire.

« Cap, pas cap », cette fois le défi s'était terminé au commissariat pour Hicham : celui-ci avait réussi à voler une mobylette mais pas à la démarrer. Son propriétaire avait surgi et appelé la police. Le garçon avait passé quelques heures au poste pour un interrogatoire. Il s'agissait de le sermonner et de l'impressionner. À son retour à la cité du Lac, ses copains l'avaient reçu en héros :

— On croyait que tu sortirais pas. Que t'irais directement en prison.

— Ils t'ont péfra ?

Hicham s'était rengorgé, sans répondre. Il avait passé sous silence le fait qu'il avait été confié à une policière qui lui avait tenu un discours bon enfant : « Soyez raisonnable, Boulaïd, pensez à vos parents, qu'est-ce qu'ils vont dire de vous ? » Il l'avait écoutée, incrédule. Une femme ! Elle n'avait pas à lui parler comme ça. Il se prenait à mépriser cette société d'où les hommes étaient absents. Partout, à l'école, au collège, la maîtresse, la conseillère d'éducation, la directrice, que des meufs. Il y en avait même qui étaient flics.

Cette fois, sa mère avait eu connaissance de son séjour au commissariat.

Et quand Brahim était rentré le vendredi soir, Asma le lui avait raconté ; d'une voix lasse, il avait morigéné son fils et, devant l'indifférence de celui-ci, lui avait lancé : « Tu me fais honte. » Hicham avait continué de hausser les épaules. Son père s'était emporté.

— Tu veux me déshonorer.

— Tu me parles d'honneur ? Et toi, tu en fais quoi de ton honneur, avec ton travail de merde ? Ta vie de merde ? Tu te laisses exploiter et tu me parles d'honneur.

Encore une fois, Hicham a crâné, quoique la confrontation avec le juge eût été moins bienveillante. Il a maintenant vingt et un ans, et va connaître la prison préventive, pour un vol de voiture. « T'es cap, Hicham, de chouraver une voiture ? » S'introduire dans un véhicule, c'est un jeu d'enfant, facile, rapide ; il suffit d'un cintre déplié, qu'on glisse entre la portière et la carrosserie. La démarrer prend à peine plus de temps. Ça demande un peu d'habileté, mais quelle fierté de rentrer dans la cité au volant d'une voiture volée, en faisant crisser les pneus ou chanter le klaxon.

À la vue des gyrophares de la BAC, Hicham s'est sagement rangé le long du trottoir, conformément aux ordres des policiers, et il leur a fait face, le sourire aux lèvres. Il s'est senti exister.

Le jour où il a franchi le seuil de la maison d'arrêt de Troyes, le soleil d'automne était pâle mais la température douce. L'incarcération fut un choc pour cet enfant de la rue qui aimait le plein air et la liberté. Le soleil ne passait pas les hauts murs de l'établissement. Le froid s'abattit sur lui. Désormais, son horizon se limiterait à une succession infinie de portes : celle de la cellule, celles des couloirs en enfilade, celle du parloir. Le gardien ne pouvait pas en ouvrir une tant que celle qu'il venait de franchir n'était pas refermée. Ce ballet de portes, leur bruit métallique qui résonne et qu'on entend de loin, allait lui peser, autant que les murs d'enceinte.

Comme il y a le clan des Gitans, le clan des Corses, il y a le groupe des Marocains. Hicham s'est naturellement joint à eux. Il est le benjamin de l'établissement, les aînés l'ont donc pris en amitié. Ils le surnomment Tiznit puisque sa famille est originaire de là-bas. Même s'il n'y a jamais mis les pieds. Avec ses codétenus, ils parlent le *darija*, le marocain. Hicham le comprend mal, à la maison on parle français, sauf quand les grands-parents sont en visite.

— Tu t'es arrêté au contrôle ? Faut jamais, Tiznit. T'aurais dû faire demi-tour. Les flics ? Tu t'en fous, tu fonces.

Hicham n'avait pas foncé.

Pendant la promenade dans la cour, il écoute les récits de ses compagnons de détention, leurs récriminations, leurs conseils. Ses aînés sont gavés de la mythologie que produit la vie en prison ; ils racontent des braquages et des cavales d'anthologie, des quartiers qui s'enflamment à la suite d'une altercation ou d'une mort violente.

L'époque est au casse à la voiture bélier : une pour enfoncer la vitrine de la bijouterie ou du distributeur de billets, une autre pour prendre la fuite. Hicham rêve d'un coup réussi, sans violence, sans police à ses trousses, avec un butin à se partager sans embrouille, et à dépenser, à Alger ou à Tiznit. Au soleil, avec des filles.

Il s'adonne à la musculation pour transformer son corps chétif qui lui valait les sarcasmes de ses copains. Dès la première semaine, la remarque d'un détenu l'a atteint : « T'es maigre, tu manges que de la ficelle ? » La levée d'haltères a vite porté ses fruits. Hicham ne grandit plus, il a conservé son visage d'adolescent étonné et rebelle mais, pendant ses mois de détention, ses épaules, ses bras se sont étoffés.

C'est pour Emma qu'il fait tout ça. Pas une journée sans qu'il pense à elle. Il a connu cette blonde sophistiquée au collège. Aujourd'hui elle travaille comme vendeuse chez Pill-Pulls, un magasin de vêtements du quartier piétonnier installé au rez-de-chaussée d'une jolie maison à colombages. À la vérité, « Emma jolie », comme il l'appelle amoureusement, n'est pas blonde, mais elle se fait des mèches qui lui éclairent le visage. Elle est toujours élégante ; c'est important pour la clientèle.

Emma le trouve mignon, le petit Hicham. C'est le frère de sa copine de lycée, Samia. Elle échafaude des projets d'avenir. Ils reprendraient une boutique qu'Emma tiendrait, Hicham gérerait les stocks et les livraisons. Il l'écoute sans rien dire, il n'a pas trop d'idées, il est juste amoureux d'elle. Elle est ravissante dans son pantalon blanc taille basse qui laisse entrevoir le petit dauphin qu'elle s'est fait tatouer sur le rein, et sa chemise nouée à la taille qui découvre son ventre bronzé.

Au début, l'arrivée d'Hicham dans une belle voiture devant le magasin remplissait Emma de fierté. D'où provenait le véhicule ? Quand elle l'a su, elle a frissonné.

— C'est dangereux...

— Mais non, ça ne craint rien.

— Arrête...

Hicham n'a pas répondu. Elle n'en a plus parlé, il est si gentil avec elle. Ils sont heureux. Il l'emmène faire de longues promenades en voiture dans la campagne alentour, dans la forêt voisine, près des étangs. Il y a plusieurs restaurants au bord de l'eau. Les amoureux choisissent la terrasse ; des brûloirs ont été disposés afin d'éloigner les moustiques. Ça sent la fumée mais ils s'en fichent. Ils dînent en se dévorant des yeux.

Quand Hicham a été incarcéré, Emma a fondu en larmes. Elle n'en a pas parlé autour d'elle, par honte, et par crainte de lire dans les yeux des autres une accusation : complice ! À ceux qui s'interrogeaient, au magasin, « On ne voit plus Hicham, vous n'êtes plus ensemble ? », elle a répondu qu'il était en formation, pour quelques mois.

Vanessa se marie, c'est l'événement parmi les vendeuses de Pill-Pulls. Elles ne parlent que de ça, des préparatifs, du choix de la robe, de la réception. Emma a accompagné son amie dans une boutique, elle a assisté aux essayages, caressé de la main le beau tissu blanc, synonyme de bonheur. Hicham vient d'être condamné avec sursis ; la bonne nouvelle c'est qu'il est sorti de prison. Et qu'il lui a promis de s'amender.

— Bien sûr, viens avec ton amoureux.

Le matin du mariage, Hicham est passé prendre Emma chez elle. Il porte un élégant costume cintré avec un revers de satin aux manches qu'Emma et lui sont allés acheter pour l'occasion. Il a gominé ses cheveux. Quand elle est sortie sur le trottoir, elle lui a paru éblouissante, « un soleil », claironnera-t-il devant ses copains le lendemain. Elle est vêtue d'une courte robe jaune éclatante, et d'escarpins assortis. Juchée sur de hauts talons, elle est un peu plus grande que lui, mais ils forment un beau couple.

Au programme, mairie le matin, puis bénédiction à l'église l'après-midi, vin d'honneur et dîner dans un restaurant de la région.

— Je veux la totale, a expliqué Vanessa. Sinon, c'est pas un vrai mariage.

Emma est du même avis. Elle se prend à s'imaginer à la place des mariés, montant à l'autel au bras d'Hicham. La cérémonie religieuse a commencé quand ils rejoignent leur banc. C'est devenu difficile de se garer dans le quartier. C'est la première fois qu'Hicham entre dans une église. Emma, la messe ce n'est pas son truc non plus. Le dimanche matin, elle le consacre au sport. Hicham regarde autour de lui, les vitraux de couleur, les murs de pierre décorés par des saynètes. Des « stations », ainsi qu'il est écrit. Hicham déchiffre l'histoire pendant que le curé parle. « Jésus tombe pour la première fois. » « Simon de Cyrène aide Jésus à porter sa croix. »

L'assistance est joyeuse mais dissipée. Dans le brouhaha, le marié se trompe en prononçant la formule du consentement : « … et je me donne à toi pour t'aimer librement – euh, fidèlement », déclenchant des rires ; il se reprend, bafouille. Le célébrant a l'air débordé. Les allées et venues ne cessent pas, les flashs crépitent, ceux des amis, de la famille, tout le monde mitraille. Un photographe plus audacieux s'est installé dans la chaire pour prendre les mariés d'en haut.

Hicham s'interroge : « C'est la fête, oui, bien sûr, mais si, ici, c'est la maison de Dieu, c'est un lieu sacré, oui ou merde ? »

VI

Pendant ses séjours chez ses grands-parents, le jeune Frédéric Nguyen dévorait la presse, les informations locales et les magazines. Il raffolait des faits divers, le cambriolage dans le quartier voisin, l'amant, le mari et la femme, mais aussi ceux qui défrayaient la chronique nationale : l'arrestation des membres d'Action directe, l'affaire Cons-Boutboul, l'affaire Thierry Paulin, la prise d'otages au tribunal de Nantes. Il découvrait par ces récits la nature humaine et ses méandres.

Un nouveau produit avait fait son apparition dans la librairie de Bui. Un éditeur commercialisait toutes les semaines une série télévisée : sous plastique, étaient vendus une cassette VHS et un livret explicatif de la série. C'est ainsi que Frédéric avait découvert *Les Brigades du Tigre.* Au titre, il avait d'abord imaginé une histoire exotique, se déroulant en Inde ou en Thaïlande, avant de découvrir et de se passionner pour l'équipe du commissaire Valentin. Le livret comprenait chaque semaine un résumé de l'épisode, une présentation du contexte historique ainsi qu'un portrait des acteurs.

La série avait contribué à fixer en lui l'image d'une France courtoise et harmonieuse, où, sur un rythme de jazz, les hommes portaient moustaches, melons et casquettes, où les femmes étaient belles en tailleur et sous leurs chapeaux cloches. Les policiers de la brigade mobile pourchassaient le crime et la corruption, au volant de drôles de voitures. Ils triomphaient en cinquante-cinq minutes, la durée d'un épisode. Chacun portait un titre imprimé sur la cassette, Frédéric pouvait les réciter comme une litanie, « Collection 1909 », « Lacs et entrelacs », « Cordialement vôtre », etc.

Le commissaire Valentin, les inspecteurs Pujol et Terrasson avaient été ses premiers camarades de rêverie, avant les joueurs de l'équipe de France de football, avant les champions d'enduro. Et si on lui avait demandé comment était née sa vocation, il aurait cité *Les Brigades du Tigre* comme déclencheur intime du métier qu'il exerçait.

Frédéric avait passé sa licence de droit, en même temps qu'il révisait le concours d'entrée dans la police. Audrey l'avait épaulé, l'aidant dans ses révisions, l'entraînant aux oraux. Les journées étaient réglées avec soin : lever de bonne heure, suivi d'un programme de travail rigoureux, et c'est en fin d'après-midi seulement qu'ils s'évadaient à moto pour une promenade dans la campagne ou une baignade. Frédéric travaillait dur, il prenait confiance en lui. « C'est fou, songeait-il, éperdu d'amour et de reconnaissance, ce qu'une femme peut obtenir d'un homme amoureux. » Pour elle, il aurait escaladé l'Everest. Elle n'en demandait pas tant : elle voulait simplement qu'il devienne officier de police.

L'examen était arrivé ; droit public, droit pénal, mise en situation, il avait été admis du premier coup à l'École nationale supérieure des officiers de police à Cannes-Écluse.

— Cannes, vous ne vous embêtez pas, les flics, avait raillé Audrey en recevant la lettre par laquelle Frédéric était convoqué.

— Ce n'est pas sur la Côte d'Azur, c'est en Seine-et-Marne !

À l'École, Frédéric avait été heureux au milieu de garçons et de filles aussi sportifs et motivés que lui. Le programme d'études lui était apparu comme un grand jeu, avec des énigmes à résoudre, des jeux de rôle à tenir. Il avait aussitôt été surnommé « le Chinois » par ses collègues. L'originalité n'est pas la qualité première des groupes. « Le Chinois » était devenu « le Noich ».

— Est-ce que tu seras toujours en uniforme ?

Sa mère avait raffolé de sa tenue le jour de la cérémonie où sa promotion avait défilé. Elle était fière de lui, son fils. Le ministre de l'Intérieur s'était déplacé, il avait prononcé une allocution et Thuy ne doutait pas que ce fût pour Frédéric.

— Non, maman, ce ne serait pas très pratique…

— Mais les policiers de notre quartier…

Il faudrait du temps pour lui faire comprendre l'organisation de la police… la sécurité publique, la PJ, l'intervention, les auxiliaires, les commissaires, les lieutenants.

VII

Teint mat, cheveux de jais, chemise cintrée soigneusement repassée, slim élégant, David possède un sourire éclatant de *latin lover*, auquel il est difficile de résister. D'abord les amies de sa mère ont vite été conquises par cet enfant solaire et avenant, puis les filles de son âge l'ont inscrit dans la catégorie « TBG » : trop beau gosse. Il n'est pas impossible que Coralie ne vienne au stade le dimanche matin – officiellement pour accompagner son frère Julien, qui joue demi d'ouverture dans l'équipe – que pour lui.

Coralie est en première à Narcejac, le lycée de la ville. David est dans le privé, à Saint-Romain. François et Laure y tenaient, le niveau est meilleur. Public, privé, cela n'empêche pas les adolescents de la ville de se retrouver au Grand Café du centre, Coca Light pour les filles, bières blanches pour les garçons. Ils ont dix-sept ans, parlent de tout, refont le monde, énoncent des idées générales mais, en réalité, ils s'observent les uns les autres. David ne quitte pas Coralie d'une semelle. La première fois, ils se sont retrouvés devant le cinéma, elle voulait voir une comédie sentimentale et lui l'histoire d'un boxeur. Il a aussitôt consenti à la comédie, l'important pour lui c'est d'être avec elle, elle seule. David aurait été bien en peine de raconter le film, il a passé l'essentiel de son temps à contempler amoureusement son visage, éclairé par l'écran.

— Regarde ! lui chuchotait-elle en montrant l'écran d'un mouvement de menton.

Quand il a pris sa main, elle ne l'a pas retirée. Et David a continué de la regarder. Il ne s'est pas intéressé au film ; à la fin, il tournait même carrément le dos à l'écran, penché sur Coralie pour l'embrasser.

De l'avis général, David est le meilleur joueur du RC Brandes. Ses accélérations font merveille, son style chaloupé et sa vitesse lui ont valu d'être comparé à Blanco, l'arrière mythique du Biarritz olympique. Avec ses copains Julien, Lucas, Ethan, Moussa, ils affrontent les équipes du département, leurs succès leur valent des articles dans la presse locale et, pour David, la bienveillance du directeur de Saint-Romain, lui-même grand amateur de rugby.

Sur le terrain, il ne joue que pour Coralie ; sa présence dans les tribunes décuple son énergie. Et quand, après avoir plongé et aplati le ballon dans l'en-but, il se relève, c'est vers elle qu'il se tourne, avec un geste triomphal. Julien transforme l'essai et, à la sortie du vestiaire, elle les accueille par un cri : « Mes deux champions ! » David se sent alors pousser des ailes.

Au Grand Café, David retrouve ses copains de l'équipe. C'est un de ces premiers beaux jours, quand la lumière du printemps semble tenir la victoire, balayant l'éclat morne de l'hiver. La terrasse est pleine, les jeunes s'attardent en cette fin d'après-midi clémente, ils discutent, se hèlent, fumant une cigarette pour se donner une contenance. Un terminale l'interpelle :

— T'es des Alouettes ? Je t'ai jamais vu là-bas…

— Non. J'habite au centre-ville.

— Pourtant t'es un musulman, toi.

— Pourquoi tu dis ça ?

— Regarde-toi.

— Je te dis que je suis pas un rebeu.

— Sur le Coran, tu t'es pas vu !…

Il a serré les dents. Qu'est-ce qu'ils ont tous avec ça. La semaine précédente, il est allé au cinéma en compagnie de Coralie et Alison. Il ne l'aime guère celle-là, avec ses cheveux rouges, mais Coralie a insisté, catégorique : « C'est ma copine. » David a consenti, à contrecœur, il aurait préféré qu'ils ne soient que tous les deux. À l'issue de la séance, ils sont allés prendre un verre. Qu'est-ce qu'elles avaient ce soir-là, les filles ? Elles pouffaient, se parlaient à l'oreille, faisaient des manières. David se taisait. Pourquoi donc Coralie avait-elle amené cette Alison ?

Ensemble, elles devenaient niaises. Elles chuchotaient :

— Non, j'te dis…

— Demande-lui, tu vas bien voir…

— Qu'est-ce que vous avez ?

— Ne le prends pas mal. Alison dit que t'es arabe. C'est n'importe quoi, hein…

David a rougi, violemment. Arabe ! Le mot lui a fait l'effet d'une gifle. Il a réussi à ne pas broncher, et a pris un air dégagé. Rentré dans sa chambre, il s'est longuement regardé dans la glace, a ausculté son visage, sa peau encore grêlée d'acné, ses cheveux gominés – *wet* – rendus luisants par le gel. Son prénom, son look siglé Hollister n'y font rien : pour les filles, il est un Arabe. Un rebeu, un Maghrébin, un musulman, un *muslim.* Laure a réagi :

— Mais non, mon chéri, nous n'avons jamais choisi cette religion pour toi. D'ailleurs, tu es catholique, tu as été baptisé.

Arabe, Français, musulman, catholique… Lequel de ces mots le définit vraiment ? La remarque du type du Grand Café, et celle de cette idiote d'Alison ont achevé d'éveiller quelque chose qui sommeillait au fond de lui. Et ce quelque chose lui murmure que c'est vrai : il est arabe, et musulman. Par sa naissance, tout simplement, par le sang. L'adoption, l'amour de François et Laure n'y changent rien.

David le sait : depuis des années, il essaie de lutter, de jouer au jeune bourgeois tiré à quatre épingles au milieu des autres jeunes; mais c'est une comédie. Il sait ce déguisement aussi dérisoire que celui qu'il revêtait enfant pour aller à un goûter d'anniversaire. Il raffolait de la panoplie de Lucky Luke, composée d'une chemise jaune, d'un gilet sans manches, d'un foulard rouge, et d'un revolver en plastique. Il savait bien qu'il n'était pas un cow-boy, mais il aimait à le croire. Et le comble du bonheur pour lui c'était lorsque sa mère feignait aussi. Il n'est pas Lucky Luke, il n'est pas David Berteau.

Le rire de Coralie lui a fait mal. Il ne la voit plus, ne répond plus à ses textos. À la sortie du stade, il l'évite même ostensiblement; elle lui a envoyé un message, il n'a pas répondu. Il vit avec le ventre noué, étreint par une angoisse dont il n'arrive pas à se défaire. Les jeunes du Grand Café l'énervent désormais, il voit trop leurs parades, n'est pas dupe de leurs façons de parler, de rire trop fort. Il était comme eux il y a quelques semaines encore mais maintenant c'est fini. Lui n'a pas eu le droit à l'incertitude, à ce temps de l'adolescence où l'on est encore un enfant et pas encore un homme. Il se sent marqué au fer par une affirmation catégorique: tu es un Arabe. Il a la rage au cœur, l'envie de crier au monde entier qu'il le déteste.

Arabe, qu'est-ce que ça signifie? David ne sait rien de l'Arabie, de l'Algérie, de l'islam. Alors?

Après sa rupture avec Coralie, David a passé de longues semaines tout seul, la tête plongée dans la musique, sans aucune envie de voir quiconque. Il restait à la maison, et Laure s'en est réjouie. Ensemble, ils regardaient *The Voice.* C'était même devenu leur rituel du samedi soir.

Tous les deux commentaient les prestations des chanteurs en herbe, spéculaient sur les chances de l'un, de l'autre. Florent Pagny était-il meilleur coach que Jenifer ? Avec les candidats, la mère et le fils entonnaient devant le poste Maxime Le Forestier, Céline Dion ou Garou :

Belle, c'est un mot qu'on dirait inventé pour elle
Quand elle danse et qu'elle met son corps à jour, tel
Un oiseau qui étend ses ailes pour s'envoler…

L'été venant, David a trouvé un stage comme vendeur dans un magasin de chaussures de la ville. Le propriétaire est un ami de ses parents, qui a accepté de le prendre pour un mois. Élégant dans sa chemise ajustée et ses mocassins, David a fait merveille auprès des clientes. Il s'agenouillait à leurs pieds, leur prenait délicatement la cheville pour enfiler la chaussure, la lacer ou en fixer la lanière, comme le Prince charmant l'eût fait avec une pantoufle de vair. Il relevait sur elles un sourire éclatant, les regardait marcher en les complimentant. Ballerines, escarpins, sandales, bottines, elles se laissaient faire de bonne grâce, flattées, sous le charme de ce garçon si aimable. Elles achetaient. Si elles hésitaient, il leur suggérait, enjôleur, de prendre les deux.

Elles succombaient. Le patron du magasin était ravi.

L'une d'elles, qui venait de faire l'achat de jolis escarpins à hauts talons, quand David lui avait dit qu'elle semblait danser, avait déclaré au patron qui lui demandait :

— Vous avez besoin d'autre chose, cirage, embauchoirs ?

— Est-ce que je peux prendre le vendeur avec les chaussures ?

— Madame Hermann !

David avait rougi. Il a rougi à nouveau en la revoyant le lendemain, alors qu'il quittait le magasin. L'attendait-elle, ou était-ce le hasard qui les avait mis sur le même chemin ?

Joëlle Hermann a la quarantaine, énergique, les cheveux courts décolorés. Elle dirige une entreprise d'emballage de la région, qu'elle a reprise depuis que son père est à la retraite, et elle vit seule depuis son divorce. Sans enfants, elle dit qu'elle est libre. Elle a invité David à prendre un verre en ville. Elle a presque l'âge de Laure et quelque chose de commun avec elle, l'assurance que la maturité donne aux femmes, confiantes dans leur beauté et leur force. Il a aussitôt aimé sa compagnie quand ils se sont retrouvés à la terrasse d'un café en fin d'après-midi, il a savouré l'odeur raffinée de son parfum, et de sa cigarette blonde. Quand elle lui a proposé de monter chez elle, il a accepté avec un léger sourire, au fond de lui moins assuré qu'il ne voulait bien le montrer. Il savait parfaitement ce que ça signifiait, ce serait la première fois avec une femme de cet âge. L'aventure l'excitait. Joëlle habitait un bel appartement dans un immeuble du centre-ville historique, refait à neuf : pierres apparentes et poutrelles métalliques. Ce soir-là, il a découvert son corps ferme de sportive et les ressources de sa tendresse. Après l'amour, blottie contre lui, elle caressait encore son torse du plat de la main et lui murmurait : « Tu es beau », et ces seuls mots suffisaient à l'apaiser, ils éloignaient son angoisse.

Un dimanche, elle est venue le chercher à la sortie du stade, il s'est dirigé vers elle et l'a embrassée d'une manière suffisamment explicite pour que toute l'équipe – et surtout Julien – sache qu'il sortait avec une belle femme dont la voiture flambant neuve, un SUV DS, disait assez le grand train.

Un week-end au Pays basque ou à Londres, une soirée dans un Relais & Châteaux de la région, Joëlle ne recule devant rien pour eux. Elle est entreprenante, et folle de son jeune amant. Elle le surnomme son chat sauvage. Au début de leur liaison, David a joué le jeu, heureux d'être adulé. Plus besoin de réfléchir, ses soirées, ses week-ends sont organisés par Joëlle. Le vendredi, en fin d'après-midi, ils partent, à trente ou à deux cents kilomètres. Elle l'a même emmené aux États-Unis où elle devait se rendre pour son entreprise. À chaque fois, un grand hôtel les attend, luxueux. Le lit est grand, les draps frais et la peau de Joëlle est douce sans qu'il sache si c'est l'amour ou les crèmes qui la rendent si agréable sous ses lèvres.

François et Laure ont observé leur fils. Il est à l'évidence plus serein qu'il y a quelques mois. Peut-être même qu'il est heureux. Serait-il amoureux ? Laure tressaille. Alors ça y est, il est venu le moment où une femme va lui disputer le cœur de David... Qui est-elle ? Une fille du lycée ? Une fille qu'il aurait rencontrée au Grand Café du centre ?

C'est un client du cabinet qui a renseigné François.

— Joëlle, la fille Hermann. Une belle nana, très classe, genre cougar ; je les ai croisés au restaurant samedi... Il s'embête pas ton fils.

— Je ne me plains pas, elle a sur lui une influence bénéfique...

Une cougar. À ce mot, Laure s'est rembrunie. Jusqu'ici elle n'a pas accordé d'importance aux filles que David fréquentait. Des gamines. Là c'est autre chose. Par de petits détails, des coquetteries, elle a compris qu'une femme était la cause de l'humeur enjouée de son fils. Ça a l'air plus sérieux. Comme le temps a passé. Laure a revu la petite boule brune que, vingt ans plus tôt, elle avait prise dans ses bras et aimée instantanément. Elle a du mal à l'imaginer aujourd'hui dans ceux d'une femme de son âge.

François a été plus abrupt. Son fils en gigolo...

— J'espère qu'il prend ses précautions...

— Parle-lui.

— De quoi veux-tu que je lui parle, il en sait autant que moi.

Laure a insisté. David a besoin d'une conversation entre hommes. Alors un soir, François s'est lancé.

— David, ta mère et moi… Nous comprenons bien… C'est ta vie… L'important est que tu n'oublies jamais de prendre tes… ton… un préservatif… On sait jamais…

David a éclaté de rire, un peu trop fort, dissimulant sa gêne.

VIII

Adieu Soweto. Petite Sœur Agnès est rentrée en France pour se rapprocher de ses parents qui vieillissent. M. Mauconduit a perdu la vue et sa femme a désormais du mal à marcher. Agnès a donc rejoint une fraternité dans le sud-ouest de la France, à Brandes. Elle a trouvé un travail dans un centre de Protection maternelle et infantile, La Goutte de lait, situé dans un quartier périphérique de la ville. Pour être embauchée dans cet organisme qui dépend du département, elle a été contrainte de retirer son voile et de cacher sa croix : elle la porte désormais sous son vêtement. À sa grande surprise, elle s'y est très bien faite et à ceux qui s'en étonnent, soupçonnant un étiolement de sa foi, elle répond en riant : « Le Seigneur est plus proche de moi. Il est posé sur mon sein ! »

Depuis son départ pour l'Afrique, il y a quarante ans, comme la France a changé. Les Trente Glorieuses sont passées par là. Progrès technologique, hausse générale du niveau de vie.

Immigration aussi ; Agnès se souvient de la manière dont on parlait des Portugais chez ses parents. Une succession de lieux communs : « On ne peut pas dire, ils sont travailleurs. » Les hommes accomplissaient des travaux dans les appartements du VIIe arrondissement : « Ils savent tout faire », les femmes faisaient le ménage : « Des perles. » Il n'était pas rare qu'on les retrouve à la messe dominicale, et leur catholicisme rassurait la bourgeoisie.

Désormais, l'immigration est devenue un phénomène de masse, qui prend ses racines au-delà des frontières de l'Europe. Du Maghreb, d'Afrique noire, les peuples du monde se sont levés, comme aimantés par ce continent de paix et de prospérité. « Bouleversement de civilisation », entend-elle dans sa famille. « Peut-être prophétique ? » songe-t-elle : la conversion du Maghreb au Christ sauveur ne s'est pas faite jadis ; et si elle advenait sur le sol français où un mouvement puissant, irrépressible, semble conduire les hommes et les femmes de cette Terre ? Cette intuition, Petite Sœur Agnès n'oserait pas l'exprimer devant ses parents, décontenancés par cette évolution spectaculaire. « Le monde change trop vite pour eux », se dit-elle en regardant leurs silhouettes désormais diminuées par l'âge.

À La Goutte de lait, elle a sympathisé avec quelques jeunes femmes du quartier, Lamia, Zayane, Djemila. Zayane surtout. Elle est jolie, gaie, affectueuse avec son bébé de quelques mois. Elle appelle Agnès *oukhty*, « petite sœur ».

Zayane n'a guère plus de vingt ans, l'âge des nièces d'Agnès. Elle s'est mariée – a été mariée, Agnès hésite dans la formulation – avec un homme que lui a présenté son grand-père.

Elle assure qu'elle est heureuse, et quand elle vient à La Goutte de lait, effectivement, elle semble épanouie. La liberté si chère aux femmes d'aujourd'hui n'intéresse pas Zayane : cette notion lui paraît même étrangère. Elle accepte sans mal le cadre fixé par la tradition de sa communauté. Il lui assure la sécurité, un statut qu'elle partage avec les autres femmes. À l'intérieur de celui-ci, oui, elle est heureuse.

La vitalité de Zayane rajeunit Petite Sœur Agnès. Elle trouve en elle un reflet de celle qu'elle était jadis, une fille joyeuse, entreprenante. À ces femmes, Petite Sœur Agnès apporte une formation : hygiène intime, fertilité, fécondation, grossesse. Elle parle sans fard, appelle un vagin un vagin et un pénis un pénis. Zayane n'en revient pas.

— Comment tu sais tout ça, oukhty ? Tu ne connais pas d'homme, toi. T'as eu une vie avant ?

Agnès a ri.

— Oui, j'ai eu une vie avant ; enfin… non… tu sais, Zayane, le médecin soigne des maladies qu'il n'aura jamais : avec tout ce que j'ai vu, tout ce qu'on m'a raconté depuis quarante ans, j'en sais bien assez.

C'est bientôt Noël. Depuis quelques semaines, les rues sont illuminées de guirlandes et les vitrines font assaut de décorations magnifiques.

Sur ce point aussi, le pays qu'a connu Petite Sœur Agnès a changé : rien désormais qui rappelle que les jours qui s'annoncent font mémoire de la naissance du Sauveur ; la société fête plutôt l'enfance, la famille réunie.

— À Noël, Dieu rejoint tous les hommes. Tout le monde a été un enfant. Tout le monde a une mère.

— Le Coran aussi reconnaît Marie comme une femme importante, dit Zayane très fière de son savoir. Pour les musulmans, elle est vierge et mère du prophète Issa.

— Pour nous, Marie est surtout la mère de Dieu. Elle a connu l'enfantement comme toi. Le christianisme, c'est ça : l'histoire de Dieu qui rejoint les hommes dans leur vie : enfantement, joie, chagrins, souffrance, mort. Et beaucoup d'amour : celui de Marie pour son fils. Et de son fils pour tous les hommes, pour moi, pour toi.

Zayane a écouté cette histoire avec les yeux de la jeune mère attendrie. Une femme, un bébé, de l'amour, tout ceci la touche instantanément.

— Où est-ce que cette histoire est racontée, oukhty ?

— Dans l'Évangile.

Agnès sort de son habit un livre de poche, usé, corné, rempli de marque-pages. Pas un jour sans qu'elle ouvre le Nouveau Testament. Elle le feuillette et le tend à Zayane.

— Lis, il y est question de l'ange Gabriel, Djibril. C'est lui qui a annoncé à Marie qu'elle attendait Jésus.

Le portable de Zayane vibre.

— Il est tard, oukhty, mon mari m'attend.

— Dis-lui que je te raccompagnerai un peu plus tard…

— Riad est à la porte.

De fait, un homme est devant le centre. Belle prestance, d'ailleurs, ce Riad dont Agnès croise le regard noir, pénétrant. Elle le soutient quelques instants, en le saluant. Riad lui répond, poli mais distant. Il ne lui tend pas la main. Zayane le rejoint et Agnès la sent soudain moins enjouée. Elle a rajusté avec soin son hijab tenu par des épingles à tête de couleur, qu'elle avait fait glisser sur sa nuque en arrivant au centre. Remis ses gants. La jeune femme lui fait un petit signe de la main amical et s'en va, en poussant son landau, Riad à son côté. « Son mari ? Son garde du corps, oui », songe Petite Sœur Agnès.

Zayane pourrait très bien s'habiller à l'européenne. Le tissu, la couleur de son voile, sa veste longue, ses escarpins à talons hauts, c'est évident, elle aime être élégante. Mais ces temps-ci, la mode n'aide guère les musulmanes.

Cette année fleurissent les tee-shirts courts qui découvrent le nombril. Même ses nièces s'y sont mises. Certaines filles y incrustent un brillant, comme elles le feraient sur le lobe de leurs oreilles. Agnès imagine la tête du mari de Zayane si sa jolie femme adoptait le string et le jean taille basse… Elle sourit intérieurement.

IX

Des femmes voilées, on en voyait désormais dans les rues de Brandes. Elles venaient des Alouettes, la cité populaire à la périphérie de la ville, et elles se rendaient au marché du centre-ville le samedi matin. La première fois que Georges en avait remarqué, c'était le soir du 14 juillet, sur les berges du fleuve d'où était tiré le feu d'artifice. Un groupe de filles déambulait, joyeux. Il les avait longuement regardées. Elles riaient, s'esclaffaient. Que signifiait pour elles ce vêtement, qu'elles arboraient au milieu des estivants ?

Ce spectacle le renvoyait à l'Algérie des années soixante. Il croisait des femmes, dissimulées sous leurs grands drapés blancs. Et encore, pas partout. Beaucoup étaient habillées à l'européenne, dans la rue, à l'université, en centre-ville ou à El Biar, le quartier résidentiel des hauteurs de la ville. Au balcon Saint-Raphaël, le belvédère qui offrait une vue magnifique, des étudiantes se promenaient revêtues d'un élégant foulard et de lunettes de soleil. Elles voulaient toutes ressembler à Sophia Loren. Le voile, il se rappelait ce mot entendu à la terrasse d'un bar, « c'est bon pour ma grand-mère ».

Georges avait vingt ans. Il était appelé du contingent. La guerre s'essoufflait. Un accord entre le gouvernement français et le FLN s'annonçait ; il fallait en finir avec ce conflit qui durait depuis presque huit ans. La paix revenue, il pensait continuer comme coopérant, au service de ce jeune pays en construction. Serait-ce possible ? La violence avait creusé un tel fossé…

Un an plus tôt, il avait été affecté dans une SAS, dans la région de Médéa. Les sections administratives spécialisées étaient la version moderne des bureaux arabes de Gallieni, elles étaient installées dans des régions où le FLN exerçait son influence, afin de renouer avec les populations. Était-ce trop tard ? Artificiel ? « "Sème le bien derrière toi, un jour tu le retrouveras devant." C'est un dicton d'ici », lui avait dit le lieutenant à son arrivée au bordj – les bâtiments construits par le génie civil. Le proverbe arabe était resté dans sa mémoire. Instruction des enfants, santé des parents, développement agricole et hydrographique, le travail ne manquait pas pour ceux qu'on appelait les képis bleus… Cette couleur de la paix disait-elle encore quelque chose à quelqu'un ?

Georges Tellier était instituteur, il apprenait à lire et à écrire aux enfants des villages. Et par intermittence il redevenait soldat, effectuant des patrouilles alentour – ce que le commandement appelait du « quadrillage ». Ses compagnons étaient des appelés de métropole, comme lui, ou des musulmans sous contrat avec l'armée française, les *mokhaznis*.

Le matin, un camion bâché passait prendre les élèves dans les douars des alentours ; le pays était magnifique. On se serait cru en Provence, sur les contreforts des Alpilles, avec des oliviers baignant dans une lumière éclatante. Jamais Tellier n'oublierait les ciels de ces années-là. Il faisait cours à une trentaine de gamins, surtout des garçons ; pour les filles, il aurait fallu qu'une PFAT, une femme militaire, s'en chargeât. Quel âge avaient-ils, ces enfants ? Sept, huit, dix ans tout au plus. Au programme : lecture, calcul. Il revoyait les visages intimidés sous la bâche du camion qui les amenait, quand il les accueillait sur le seuil de l'école. Leurs pères, peut-être leurs frères, combattaient dans les rangs rebelles. Mais ces enfants, Georges les aimait et il les instruisait.

Sa classe était une pièce aux murs grossièrement chaulés et recouverte de tôle ondulée. Il y avait accroché une carte de l'Algérie, des dessins de la végétation qu'on trouvait dans la région, et des scènes des fables de La Fontaine trouvées à Alger. Il apprenait à ses élèves à lire dans *Les Contes du chat perché* de Marcel Aymé, et dans *Raboliot* de Genevoix ; il leur faisait réciter des vers de Maurice Carême et de Prévert : « Il dit non avec la tête mais il dit oui avec le cœur. »

Celui qu'il aimait entre tous, c'était Alphonse Daudet. Georges leur lisait *Tartarin de Tarascon*. Les aventures du gros homme infatué faisaient rire aux éclats les garçons. C'était le récit de l'universelle bêtise, tapageuse, triomphante. Il leur avait aussi lu *La Dernière Classe*, ce récit du dernier jour d'un instituteur français en Alsace, chassé par les Prussiens. Toujours Daudet... Sa voix s'était voilée d'émotion. Ses élèves, qui s'agitaient, s'étaient arrêtés d'un coup en entendant la voix du maître se casser. Mais avaient-ils compris ce qu'il voulait leur dire ?

Il avait aimé ces moments. Les dizaines de paires d'yeux tournés vers lui, attentifs. Il aurait pu raconter ce qu'il voulait, les enfants l'auraient cru. Cette attitude d'abandon le touchait. Loin de lui conférer de l'orgueil, un sentiment de puissance vis-à-vis de son jeune auditoire, elle le bouleversait. Il avait l'intuition que ces âmes lui étaient confiées par un mystérieux dessein. Il ne pouvait pas les trahir, ni même jouer avec elles.

Après la classe, Georges rejoignait ses camarades de la SAS à la popote du bordj. Autour d'une anisette, chacun racontait sa journée. Bernard avait fait du recensement, Alain de la formation à l'hygiène.

— Il y en avait un qui ne savait pas combien d'enfants il avait.

— Moi, il refusait que sa femme soit prise en photo, tête nue, pour la carte d'identité. J'aurais voulu la déshabiller, il n'aurait pas été plus réticent.

— C'est pas facile, avec leurs mœurs…

Tout aurait été plus simple avec une femme. Il y en avait une à la SAS quand il était arrivé. Elle se prénommait Michèle et s'occupait de l'assistance médicale : une brune coiffée au carré, pas très jolie mais vive, énergique même, et la réplique facile. Les hommes aimaient la taquiner : « J'ai mal là, Michèle, tu peux me soigner ?… » Elle répondait du tac au tac : « Au bistouri, oui », en partant d'un grand rire. Michèle avait quelques années de plus que les garçons, elle les appelait « mon petit ». Georges regardait Alain faire la cour à la jeune femme, lui promettre une séance de cinéma quand ils iraient à Médéa. Elle riait encore, en lui répondant par une œillade. Ils flirtaient pour oublier la violence autour d'eux.

Un soir, Michèle avait été appelée dans une mechta voisine pour un accouchement. L'affaire était mal engagée, un début de septicémie était à craindre. La nuit tombait. L'aspirant médecin et elles étaient montés dans la Jeep à la hâte. Ils connaissaient la route par cœur. Qui conduisait ? Était-ce l'aspi ? Était-ce Michèle ? La voiture avait quitté la route sans raison apparente. Michèle avait été écrasée par le véhicule. Un camion avait ramené son corps. Sur le brancard, une forme recouverte d'une couverture. Georges s'était approché.

— C'est pas beau à voir, mon vieux. Tu devrais pas…

L'ambiance était devenue morose. L'atmosphère s'était dégradée. Graffitis sur les murs des mechtas, arbres sciés, routes coupées, la région n'était pas encore sécurisée, la fraternisation toujours à gagner. Georges Tellier était pourtant heureux chaque fois qu'il pouvait sortir de la SAS ; cela lui permettait de rompre la routine et de profiter des paysages grandioses de l'Atlas.

Un groupe de fellagas avait été signalé. Il fallait leur couper la route. La section s'était divisée en deux, quelques minutes plus tôt. Un groupe avait emprunté le sentier de gauche, un autre celui de droite, ils se retrouveraient sur la crête. Logiquement, les rebelles devraient être pris en tenaille. Bernard marchait en tête, Georges derrière lui. Ensuite venait Bobigny, un titi qui parlait si souvent de sa ville que c'était devenu son surnom. Un sergent fermait la marche. Après des mois de froid rigoureux, le printemps perçait enfin. Les arbustes bourgeonnaient, quelques fleurs précoces avaient éclos. Le pays qu'il aimait réapparaissait avec son ciel éclatant. Le vent était soudain plus doux. L'hiver reculait. Georges s'était avancé à la hauteur de Bernard. Il aimait bien ce grand type flegmatique et élégant, amateur de poésie, Apollinaire, Toulet, Musset, et qui parlait en truffant ses phrases de répliques tirées de *Cyrano* : « C'est bien plus beau lorsque c'est inutile », « Moi c'est moralement que j'ai mes élégances ». Et égrenant, goguenard, le nom des généraux et des hauts fonctionnaires qui présidaient aux destinées de l'Algérie : « Tous ces noms dont pas un ne mourra, que c'est beau. » Le texte de la pièce ne quittait pas sa poche de treillis, il la lisait et la relisait, comme si aucune œuvre valable n'avait été écrite depuis.

— Tellier en file indienne !

Le sergent avait aboyé :

— Tu veux offrir un carton aux fells ?

Georges avait haussé les épaules et repris sa place derrière son ami, à distance réglementaire. Il aurait bien aimé poursuivre sa conversation avec Bernard. Il appréciait cet esprit caustique qui pouvait déclamer devant un auditoire interloqué : « "Ballade du duel qu'en l'hôtel bourguignon Monsieur de Bergerac eut avec un bélître. — Qu'est-ce que c'est que ça, s'il vous plaît ? — C'est le titre." » Cette façon de parler par citations lui conférait du charme. Elle pouvait déconcerter, mais Georges savait qu'elle formait pour Bernard une protection imparable. Il était le plus secret des hommes. Georges connaissait peu ou prou la vie de chacun de ses camarades de la SAS. Par son caractère, il attirait les confidences. Tel était jeune marié, avait sa femme à Alger et comptait les jours avant sa permission, comme un enfant impatient. Bobigny travaillait dans un garage et y retournerait. Mais Bernard, mystère. Il disait que, rendu à la vie civile, il enseignerait, ou deviendrait journaliste, mais sans montrer une quelconque dilection pour une voie plutôt que pour une autre. Il envisageait l'avenir avec flegme. On voyait que ces professions serviraient seulement à l'occuper, et peut-être à nourrir son amour des belles lettres. Pour le reste… Les vers de Cyrano étaient un rideau épais jeté sur sa vie, l'état de son âme et de son cœur. Bernard avait-il une petite amie en métropole ? ou à Alger ? – « Une dame m'attend !… — Je suis donc à Paris ! »

Ces coups de feu, Georges les entendrait toute sa vie. Deux claquements suivis de crépitements. Tellier avait tout de suite compris, et d'un bond trouvé refuge derrière un rocher. Il y eut encore des tirs. L'un d'eux, au-dessus de sa tête, fit voler un éclat de roche qui alla se ficher dans son épaule ; il ressentit une vive douleur. Il riposta au jugé, puis ce fut le silence.

— Eh, Bobigny !…

Où était Bobigny ? Il ne répondait pas.

Et Bernard ? Et le sergent ? Georges s'était écrasé contre le rocher, observant autour de lui. Posté, ainsi qu'on le lui avait appris durant ses classes. « Voir sans être vu », selon l'expression en vigueur des instructeurs. Rien ne bougeait alentour. Il sentait contre sa tempe la roche froide. De celle-ci dépendait sa vie. Il ressentit une immense solitude. Une bouffée de chaleur l'envahit. Il sentait que ses jambes ne le portaient pas. Il se recroquevilla, il transpirait. La peur, la pire ennemie des hommes, profitait de la situation pour s'emparer de lui. Si l'ennemi surgissait, comment se comporterait-il ? Ferait-il face ? Se rendrait-il ? Il était sans force. Il ferma les yeux, en respirant le plus calmement possible. La boule au ventre, il se redressa prudemment et regarda à nouveau autour de lui. Ses yeux allèrent du lointain où ils cherchaient une ombre, guettant un mouvement, au proche : ici un creux pas plus grand que sa main, avec de l'eau du dernier orage, là quelques touffes d'herbe, sortant d'une anfractuosité. Un insecte se déplaçait et chaque caillou sur son chemin était un obstacle qu'il franchissait avec peine. D'un geste, il aurait pu l'écraser. Mais Georges resta immobile, aux aguets ; collé au rocher. Son angoisse s'éloignait. Où étaient les tireurs ? Eux aussi à deux cents mètres, blottis contre un arbre ou un rocher ? À moins qu'ils n'eussent déguerpi, sitôt les coups de feu tirés ?

Le temps s'écoulait. Une heure ? Georges entendit des craquements, des froissements de branches que l'on écarte. Des hommes descendaient de la crête, arrivaient à sa rencontre. Étaient-ils de son unité ? Il les reconnut et les héla. Ne voyant pas venir le deuxième groupe, le lieutenant avait envoyé une patrouille à leur rencontre. Georges se redressa.

Bobigny était inconscient, grièvement blessé, mais il respirait. Derrière lui, le sergent gisait sur le chemin, sans vie. Et Bernard ? Georges vit deux hommes penchés sur lui. Il s'approcha à son tour. Le visage en sang, il était mort lui aussi. Une balle en pleine tête avait suffi pour tuer l'amateur de Rostand. « Et samedi vingt-six, une heure avant dîner, Monsieur de Bergerac est mort assassiné… »

Georges s'en sortait avec une blessure à l'épaule, sans gravité. C'est seulement le soir, rentré au bordj, qu'il avait remarqué que sa montre était brisée. Aux premiers coups de feu, il avait bien ressenti un choc. Le verre avait volé en éclats et un fragment de rocher s'était fiché dans le mécanisme d'horlogerie. À quelques centimètres près, il était touché, peut-être tué net, lui aussi. Il eut du mal à trouver le sommeil. Son bras l'élançait, et les questions affluaient. Si Bernard avait été choisi pour être dans l'autre groupe ? Et si c'était lui, Georges, qui s'était trouvé en tête ? Et pourquoi était-il en vie, alors que son charmant ami dont l'avenir était une promesse d'enchantement avait été tué ? Qui décidait du destin des hommes ? Quel dieu ? Celui de son enfance dont le curé assurait qu'il n'était qu'amour ? N'y avait-il pas quelque cruauté dans cette manière d'accorder la vie à l'un et de la refuser à l'autre ? Et s'il n'y avait personne pour choisir, l'absurde régnait-il donc sur nous ?

Les tireurs avaient échappé aux recherches. Un hélicoptère avait survolé la zone, en vain. Bobigny avait été évacué, et opéré le jour même. Il survivrait à ses blessures. Mais pour lui, l'Algérie, c'était fini. Il allait retrouver sa ville natale.

Le médecin prescrivit à Georges deux semaines de convalescence à Alger. « Veinard, avaient raillé les autres. Tu écopes d'une blessure légère mais assez spectaculaire pour impressionner les filles... »

Avec son épaule douloureuse, il dormait mal, se levait tard et écoutait la radio sur un transistor. Il découvrait les chanteurs du moment, Les Chaussettes noires, Richard Anthony, Johnny Hallyday, et celle que l'animateur appelait la petite fiancée des Français, Sheila. Georges écoutait aussi les informations en fumant des Bastos, son bras en écharpe. L'Algérie se dirigeait vers l'indépendance. L'opinion publique était en train de s'y faire. C'était sûrement très bien ainsi, pensait-il, dans l'ordre des choses.

« L'Algérie, c'est la France », qui avait jamais pu croire à ce slogan ? Un pays coupé en deux par la mer, on n'avait jamais vu ça. Par un fleuve, un lac, peut-être, mais une mer... Et puis il suffisait de se promener et de quitter les quartiers européens d'Alger, le boulevard Saint-Saëns et les escaliers de la rue de Turenne, pour gagner la Casbah ou la campagne alentour, on entrait dans un autre monde ; un monde non mixte où les femmes étaient cantonnées à la maison, les hommes se montraient ombrageux, rétifs à parler français ; on était ailleurs, songeait-il, dans un pays ami peut-être, ou cousin, mais distinct de la France. Les politiciens avaient mis des années à accepter ce qui relevait de l'évidence. « Tout ça n'vaut pas un clair de lune à Maubeuge... Tout ça n'vaut pas des vacances au Kremlin-Bicêtre... » La voix rigolarde de Bourvil égayait ses réflexions que l'actualité quotidienne rendait tragiques.

Georges profitait de son congé forcé pour tenter de renouer avec la lecture. Ces derniers mois, à la SAS, il n'avait pas chômé et, le soir, il sombrait rapidement dans le sommeil. En fait de livres, il n'y avait à la popote qu'une étagère pompeusement appelée bibliothèque, remplie de romans policiers abandonnés après lecture. En errant dans la ville, entre les facultés et le palais d'été du gouverneur, du côté de la rue d'Isly et de la rue Michelet, il retrouva le plaisir oublié d'entrer dans les librairies. Il passait du temps dans une boutique calme et fraîche, où, lui semblait-il, le libraire parvenait à maintenir au milieu des livraisons de romans à la mode un fonds personnel, reflet de ses goûts.

Où en était la littérature contemporaine ? Georges parcourait les titres des nouveautés disposées sur une table, feuilletant les volumes sans entrain. C'était la moisson du moment, pas très différente de celle de l'année précédente. La littérature était entrée dans un cycle industriel de production.

Il avisa un livre sur une autre table, sur une pile presque cachée des regards, un mince opuscule, une plaquette : Jean Sénac, *Matinale de mon peuple*. La librairie était déserte, elle appelait à la flânerie et à la découverte. Il ouvrit le volume et s'y plongea. Aussitôt il fut pris par l'incandescence des mots.

— Ça vous intéresse ?

Le libraire avait surgi derrière lui, yeux ardents derrière des lunettes cerclées. Il lui tendit d'autres volumes, des éditions toutes simples, comme clandestines. Il les feuilleta, y découvrant d'autres mots qui chantaient une terre, et un peuple.

— Sénac est une sorte de cousin de Char, moins cérébral, plus sensuel.

Georges poursuivait sa flânerie. Chaque livre était une porte vers un univers inconnu. Qui était Christiane Rochefort ? Et Andrée Chedid ? Et Joseph Malègue ? *Augustin ou Le maître est là*, *Pierres noires. Les classes moyennes du salut.* Pourquoi son œil fut-il attiré par deux titres ? Il les saisit tour à tour, les feuilleta. Que signifiait cette expression : « les classes moyennes du salut », qui servait de sous-titre à l'un des deux ouvrages ? Ce mélange de vocabulaire sociologique et théologique… Marx et Maritain… C'était là une association audacieuse qui l'intriguait. Si l'on était un saint, un martyr, un converti spectaculaire, la question du salut était réglée ; mais le chrétien du quotidien, celui de la messe dominicale qui prenait le chemin de l'église comme le troupeau à l'heure de la traite, par habitude, parce que le vacher ouvre la barrière tous les jours à la même heure, en lançant le même cri ? C'était celui-là qui composait « les classes moyennes du salut ». Qu'advenait-il d'elles après la mort ? Dieu prenait-il en compte leurs mérites ou leur fidélité ?

Sénac, Malègue : Georges avait acheté les deux livres.

Il plongea dans la poésie de Jean Sénac, s'abreuvant de son verbe chaleureux qui parlait du pays même qu'il avait sous les yeux, de sa génération, de jeunes gens en armes, même s'ils étaient du camp d'en face. Un sentiment de fraternité l'unit aussitôt au poète. Il tomba sur un quatrain, des mots auxquels il n'avait jamais prêté attention mais qui, ce soir-là, le frappèrent par leur fulgurance :

Veillons frères volubiles
L'heure taciturne approche
Aurons-nous le courage
D'accepter les Visitations ?

Les visitations, vieux mot, vieux souvenir de catéchisme. *En ces jours-là, Marie se mit en route…* La religion appartenait au monde de son enfance. Georges se souvenait des innombrables récits qui lui faisaient aimer ce rendez-vous du jeudi matin. L'Annonciation par l'ange, l'infirme amené à Jésus par le toit, la multiplication des pains. Et la nuit dernière au jardin, ponctuée par ce soupir : « Mon âme est triste à en mourir. » Un tragédien n'aurait pas trouvé plus belle phrase. Oui : il pouvait se trouver des effets littéraires dans un récit vieux de deux mille ans, colporté de bouche en bouche. Et que dire de la mort du Christ que l'évangéliste exprime par ces simples mots « … et il expira » : le christianisme était né d'une histoire hors du commun, celle d'un homme nommé Jésus, qui s'était achevée par un procès violent et injuste pour aboutir à une mort dans des circonstances horribles. Tout finissait, tout commençait.

Et il expira. À cet instant, à la messe, les fidèles mettaient le genou à terre. Ce geste que tous effectuaient impressionnait beaucoup l'enfant que Georges avait été, l'émouvait même. Tous ces mots, ces images avaient nourri son imaginaire, comme d'autres lectures de l'enfance, *Sans famille* ou *Le Tour de la France par deux enfants.*

Ses premiers mois en Algérie ne lui avaient plus permis de pratiquer. Aucune église aux environs. L'aumônier passait, de temps en temps, trop rarement, alors Georges s'était dépris de la messe et des sacrements. Très vite, il n'y avait plus pensé. Quand la messe était célébrée à la SAS, il y assistait machinalement, l'esprit ailleurs. C'est la nuit, sous le ciel d'Algérie, immense, jonché d'étoiles, fumant doucement une cigarette nichée au creux de sa paume, qu'il sentait monter en lui une immense aspiration à croire. La première fois, il en fut troublé. Dieu se manifestait non plus entre quatre murs mais dans l'immensité d'une voûte étoilée. Bientôt il se mit à guetter ces heures de solitude et de silence d'où naissait spontanément une certitude : celle de la présence de Dieu à ses côtés, fraternelle et engageante. Il avait même entrepris un dialogue dont les termes mêmes l'avaient étonné par leur simplicité un peu triviale. Était-ce cela la prière ?

X

David et Joëlle avaient fêté le premier anniversaire de leur rencontre. Leur liaison était toujours intense. Elle se nourrissait de films à voir, de tables à découvrir, de voyages. David appréciait sa situation, quoiqu'il se rendît compte que cette existence ne le comblait pas vraiment. Il en rêvait les jours précédents, en profitait tout son saoul, et après ? Un jour il eut envie de dire non à son amie. Sans raison. Il avait mûri. Le programme qu'elle avait préparé ne lui plaisait pas moins que celui du mois précédent, mais soudain il éprouva la tentation de refuser, de se soustraire à sa volonté. De reprendre la direction de sa vie : « Non. » Elle l'a regardé, il lui a alors lancé un regard dur, buté. Elle a baissé les yeux et a fondu en larmes. David en a éprouvé un plaisir secret.

Cette réaction l'a surpris : Joëlle la chef d'entreprise, la femme de tête qui décidait de tout dans leur aventure, s'est effondrée d'un bloc. David comprit qu'il tenait son bonheur entre ses mains. À partir de ce jour, il s'est mis à la contredire, à refuser ses invitations, sans raison, à se désister. Ou à exiger. Elle a multiplié les idées de sorties, de voyages, de cadeaux, changé les projets, cédé à ses caprices pour lui complaire. David acceptait, ou non, à sa guise. Il annulait. Quand ils étaient ensemble, il la rabrouait, l'humiliait. Peut-être même qu'il était plus brutal au réveil, quand il lui prenait la hanche pour l'obliger à se tourner vers lui.

Elle consentait à tout, lui murmurant, les yeux brouillés de larmes : « Je ne veux pas te perdre. »

Quand il la voyait, malheureuse, dépouillée de ses attributs, à sa merci, il lui semblait que ces larmes, ces gémissements, effaçaient les ricanements de deux filles, un soir à la sortie d'un cinéma.

Rédoine ne fait pas mystère de sa foi. L'imposant talonneur du RC Brandes est un croyant scrupuleux. Pourquoi David ne l'accompagnerait-il pas à la salle de prière de la ville ? David n'a jamais vu de musulmans, du moins pas en train de pratiquer, et il a été frappé par l'attitude de son ami qui, lors des déplacements de l'équipe, lit le Coran dans le bus alors que les joueurs pianotent sur leurs portables, dorment, chahutent ou chantent à tue-tête. Il prie partout, dans les centres sportifs, les hôtels. Le spectacle de cette montagne de muscles prosternée sur la moquette de sa chambre l'impressionne. Qu'est-ce qui anime Rédoine ?

— T'es obligé de prier ?

La réponse a fusé :

— T'es obligé de manger ?

David s'est encore disputé avec Joëlle. Il ne la rejoindra pas. Elle lui a laissé trois messages sur son portable. Elle voulait tester un nouveau restaurant de la région qui vient de gagner une étoile au Michelin. Elle avait réservé une chambre dans un hôtel voisin pour y passer la nuit. Retour prévu le lendemain matin. Il ne l'a pas rappelée. Il a préféré retrouver Rédoine en fin d'après-midi.

La salle de prière est située dans un quartier excentré de Brandes. Pour s'y rendre, il faut quitter le centre et ses rues piétonnes, traverser le fleuve, marcher un bon quart d'heure. Entre le magasin Netto et le siège régional du Crédit Agricole, il a avisé un bâtiment qu'on ne remarque que si l'on observe une curiosité sur la façade en béton gris : les fenêtres sont habillées de jalousies. Une plaque discrète indique : « ADM Association départementale des musulmans ». Le vendredi, les allées et venues sont nombreuses : la communauté des Alouettes vient prier.

David est demeuré sur le seuil de l'enceinte.

— T'es le sang de la veine.

Du Rédoine dans le texte. On est copains, quoi. Il a surgi derrière lui, massif, protecteur, engageant.

— On joue au rugby ensemble, on peut prier ensemble. Viens…

David est intimidé. La religion lui est un monde inconnu. Depuis quand n'est-il pas entré dans une église ? Ces dernières années, à Noël, alors que François et Laure se rendaient à la messe de minuit, avancée à 19 heures pour permettre aux fidèles de réveillonner ensuite, il restait devant la télévision, attendant en somnolant devant de pauvres programmes le retour de ses parents.

Des paires de chaussures sont alignées dans le couloir qui conduit à la salle de prière. Il y a de tout, des mocassins de cuir impeccables, des Nike flambant neuves, des savates fatiguées. Les deux garçons se sont déchaussés à leur tour.

— Tu vois, lui glisse Rédoine, ici les croyants laissent à la porte leurs signes extérieurs de richesse ou d'élégance pour se présenter, tels qu'ils sont, devant Dieu.

La pièce est spacieuse, sans rien au mur, aucun meuble, elle est seulement recouverte de tapis. Des hommes se tiennent là, debout, accroupis. Combien sont-ils ? Une trentaine, des jeunes, des vieux, dans un ballet de prosternations. Aucun d'eux ne prononce un mot, on n'entend que le bruit de leurs mouvements, le frottement de leurs vêtements, leur souffle.

Rédoine a pris place au milieu des autres, David est resté au fond, immobile contre le mur. Il a observé ces hommes qui, en silence, face à leur Dieu, inclinent leur fierté. De l'autre côté du mur, c'est l'avenue sillonnée de voitures, ses trottoirs, où les passants vont et viennent, font leurs courses, affairés. Ce ne sont pas quelques mètres qui séparent les orants de la ville ; c'est tout un monde.

En sortant de la salle de prière, ils ont croisé un petit homme plus âgé que les autres, qui porte une petite moustache blanche. Il est revêtu d'une djellaba et d'un bonnet de prière.

— Hassan, je te présente David, un ami du rugby.

Hassan parle d'une voix douce, avec des manières d'une parfaite urbanité. Il a emmené les deux garçons dans une pièce attenante, au calme, s'est assis sur une banquette encombrée de coussins et a demandé que le thé leur fût servi. Au mur, au-dessus de lui, une calligraphie.

— Sois le bienvenu, mon frère.

Le mot a surpris David. Personne ne l'a jamais appelé ainsi. Il est fils unique. Frère, est-ce une manière de dire ? L'atmosphère qui régnait ici faisait naître en lui un agréable sentiment : elle l'apaisait et le réchauffait. Une question lui brûlait les lèvres.

Hassan l'a interrogé sur lui, sur ses parents, son lycée, le rugby, sans commenter ses réponses, et sans se départir de son sourire, donnant un air un peu énigmatique à leur discussion.

— Tous les vendredis, vois-tu, les croyants se réunissent ici pour prier. Es-tu croyant, David ?

Spontanément il aurait répondu non mais, au fond, il ne savait pas très bien. L'existence de Dieu, le Paradis, la vie éternelle, c'est pour les vieux, quand l'âge fait de la mort une échéance de plus en plus proche. D'ici là, dans la succession des jours, on n'a guère le loisir de penser à ces choses-là. Justement :

— La prière permet de se soustraire à la frénésie de sa vie pour entrer dans le temps de Dieu. C'est une activité naturelle et nécessaire à l'homme.

Hassan s'est levé.

— Reviens quand tu veux, tu seras toujours le bienvenu, mon frère.

David est revenu. Pas le vendredi suivant, mais celui d'après. Il s'est demandé pourquoi il avait repris le chemin de la salle de prière ; était-ce l'envie de retrouver la sérénité du lieu et la compagnie d'Hassan ? Ce besoin dont celui-ci parlait s'était-il manifesté ? Il l'a revu, toujours affable. Le vieil homme lui propose à nouveau de prendre un thé. David accepte, il a gardé de sa première rencontre un sentiment d'apaisement qui a duré, bien après qu'il fut rentré chez lui.

— Hassan, j'ai quelque chose à vous demander…

David lui a parlé de François et Laure, de Salima, et de l'incertitude qui le tenaille. Hassan a gardé le silence un moment.

— As-tu choisi de naître, David ? On ne choisit pas d'être musulman : tu es né de Salima, tu me l'as dit. Tu es musulman depuis ta conception par la volonté d'Allah – que Son Nom soit béni…

— Mais, mes parents…

— Rien ne peut effacer ton appartenance à la communauté, tu es un enfant de l'oumma.

David retrouvait Hassan chaque fois qu'il se rendait à la salle de prière. Il aimait discuter avec lui. Le vieil homme semblait prendre plaisir, lui aussi, à ces conversations. Il se déployait au fur et à mesure qu'il parlait.

— Quand j'avais ton âge, l'Algérie c'était trois départements français.

Les parents d'Hassan étaient des fellahs de la région de Tlemcen. Enfant, il a gardé les moutons de son père. Son horizon se limitait aux montagnes qui l'entouraient. C'est sûr, il mènerait la même existence que lui, *inch'Allah*.

— Est-ce que vous étiez malheureux, Hassan ?

— On n'est malheureux que quand on se compare. Un jour, les Algériens ont vu que le monde bougeait, la Tunisie, le Maroc obtenaient leur indépendance.

David écoutait, comme subjugué.

L'Algérie s'était embrasée d'un coup, comme un champ de paille qui n'attend qu'une allumette ; Hassan, comme des dizaines de garçons de son âge, avait rejoint la rébellion. *Mektoub !* Au début, il s'agissait simplement de transmettre des messages dissimulés dans ses vêtements ou son cartable, et puis, un jour, on lui avait mis un fusil entre les mains ; ils allaient tendre une embuscade. Ce n'était pas la première fois qu'il tirait mais, jusqu'alors, il s'était seulement exercé sur les oiseaux et les renards. Hassan était parti dans la montagne avec les autres. Ils avaient marché un long moment puis s'étaient postés, qui derrière un arbre, qui derrière un buisson. De loin, il avait vu arriver les soldats et les avait longtemps observés. Il connaissait la montagne pierre par pierre, grotte par grotte. Au signal, il avait ouvert le feu. L'attaque n'avait pas duré deux minutes. Surpris, les Français n'avaient pas eu le temps d'opposer une résistance. L'un d'eux avait tenté de riposter. Il avait été abattu d'une balle. Le commando avait récupéré des armes, des cartes, de l'essence.

— Je voyais les premiers morts de ma vie, David.

L'homme qui gisait à ses pieds ne devait guère être plus âgé que lui. Un filet de sang coulait de la base de son cou. Hassan l'avait fouillé, avant de quitter les lieux avec les autres, fissa. Il se souvenait d'un portefeuille maintenu fermé par un élastique, avec des papiers d'identité. Le mort se prénommait Alain. Il y avait aussi la photo d'une jeune femme souriante, et de l'argent mais Hassan n'y avait pas touché. Les moudjahidin ne sont pas des détrousseurs de cadavres ! Un hélicoptère avait survolé longtemps la zone à leur recherche. En vain, le commando s'était réfugié dans une galerie proche, qu'Hassan aurait trouvée les yeux fermés : il s'y était rendu mille fois depuis l'enfance. Au seuil de la grotte, dissimulé derrière un rocher, et mastiquant les figues sèches qu'il avait emportées, il avait observé l'engin tournoyant dans les airs.

— Nous nous sentions invulnérables.

David n'a jamais beaucoup entendu parler de la guerre d'Algérie, sauf au lycée en cours d'histoire. Il n'est pas très au clair avec ce sujet. La présence de l'armée française à Alger était-elle analogue à l'occupation allemande ? Le père de François, Paul, qu'il appelle Papi, a combattu en Algérie. Mais il n'en parle jamais. Ses trente mois de l'autre côté de la Méditerranée, il les a comme effacés de sa mémoire. Qu'il soit un ancien combattant, David le savait par François. Algérie, guerre, quand il a tapé ces mots sur la barre de recherche, Google lui a proposé « guerre d'Algérie causes », « guerre d'Algérie 1958 », « guerre d'Algérie films », puis « guerre d'Algérie torture ». Wikipédia comporte un article précisément sur cette thématique : « Torture pendant la guerre d'Algérie ». Sur YouTube, un reportage de la télévision suisse détaille les méthodes de l'armée française, et sur TV5 Monde un documentaire a pour titre : « Viols, voile, corps de femmes dans la guerre d'Algérie ». David a tout lu, tout visionné, stupéfait.

Cette guerre lui a fait horreur. Papi aurait-il des choses à se reprocher, a-t-il lui-même commis des exactions comme les sites en relatent par dizaines ? David s'est interrogé. Avec Laure et François, il fait de fréquents séjours chez Paul qui, désormais veuf, habite à Cassis dans une grande villa, entourée d'un jardin arboré.

David a observé son grand-père à la dérobée. Il a devant lui un vieil homme qui arrose ses fleurs et son laurier-rose le soir après une chaude journée. Il porte une chemisette blanche et un bermuda de couleur vive sur des jambes maigres et bronzées. Le soir, il sirote un Lillet tonic frais en fumant immanquablement un cigarillo. Ce paisible retraité, pieds nus dans ses mocassins en nubuck rouge, aurait donc torturé ?

Devenu un familier de la salle de prière, David a continué à se tenir au fond, se contentant de regarder autour de lui. Les semaines ont passé mais la question n'a jamais disparu. Qu'est-ce qui réunit ces hommes alignés dans la direction de la Kaaba ? Il aurait voulu s'agenouiller avec eux sur le tapis, se relever, s'incliner ; réciter les phrases de la brochure qu'Hassan lui a donnée. Il ne savait pas. Il aurait aimé comme eux prier Dieu, glorifier « le Clément, le Miséricordieux, al-Rahman, al-Rahim »… C'est écrit : Dieu est Un et une autre définition de Lui porterait atteinte à Sa toute-puissance.

Hassan lui a tendu un livre.

— C'est le Coran, prends-le, lis-le. Tu comprendras.

XI

Pour sa première affectation, Frédéric a hésité. Il avait le choix : brigade des stupéfiants ou des mineurs ? La drogue ou l'enfance malheureuse ? « Prends l'enfance », lui a soufflé Audrey. À cette époque, c'était un sujet qui revenait fréquemment dans leurs conversations : ils songeaient à avoir un bébé. L'enfance, oui, mais quelle enfance ! Jamais Frédéric n'aurait imaginé des vies à ce point saccagées par des adultes. Avec le recul, il constatera que ces années ont été les plus dures de sa carrière. Frédéric est entré dans la police pour se battre à armes égales. Il n'a pas envisagé qu'il puisse y avoir un innocent entre les criminels et lui : des mineurs dont la déposition lui tirerait des larmes et lui inspirerait un profond et durable dégoût de la nature humaine.

Il revoit les petites victimes, sagement assises sur une chaise de son bureau du commissariat, décrivant avec maladresse leur quotidien, sans mesurer la portée de leur récit. De pauvres êtres, soumis à la brutalité et au vice. Sont gravées dans sa mémoire quelques scènes, qu'il ne se rappelle jamais sans frissonner. La déposition d'une fillette apeurée, qui le regardait avec des yeux mouillés et lui murmurait : « Tu ne lui répéteras pas ce que je t'ai dit. Il me battrait. » Elle venait de décrire une vie de coups de ceinturon, de bras broyés sous une poigne d'ivrogne, de cris, d'insultes – « T'es une pute comme ta mère ! » hurlait l'homme.

Et comment oublier cette femme – cette enfant de quinze ans – juchée sur des talons trop hauts pour son corps encore frêle, qui parlait comme une harengère, avec une voix et un vocabulaire montrant que son innocence était déjà loin ? Frédéric et ses hommes l'avaient ramassée sur un boulevard extérieur. Elle crânait :

— Mon mec va s'occuper de toi. Tu feras moins le kéké devant lui.

Frédéric n'avait pas répondu. Il écoutait ces rodomontades de Lolita du bitume, qui cachaient mal sa misère. Il avait l'habitude : cette arrogance affectée trahissait un drame. Les hommes lui avaient volé sa fraîcheur, l'aurore de son existence. *Son mec ?* Un salaud aussi, oui, celui qui abusait d'elle et la réduisait à cette pauvre condition.

Sitôt les dépositions enregistrées, Frédéric avait parfois envie de sortir de son bureau, et de vomir. Ou de hurler. L'estomac noué, il aurait voulu sauter dans sa voiture, se ruer sur ces pères, ces oncles, ces proxos, et déverser sur eux ce que le récit des victimes avait produit en lui de bile noire. Il aurait voulu avoir une explication, une bonne fois pour toutes. Sans enfants interposés entre lui et ces porcs. Ça leur aurait changé. Hanté par les voix fluettes qui racontaient avec douceur la face maléfique de la nature humaine, Frédéric se sentait capable de tuer à mains nues.

Ses grands-parents vieillissaient paisiblement dans leur maison de la presse, entre *Le Provençal* et *Le Méridional* qui bientôt fusionneraient et deviendraient *La Provence*. Les ventes de journaux diminuaient. Bui changeait toujours les piles de montre, même si, assurait-il, sa main se faisait moins sûre au fil des ans. Frédéric enviait sa sérénité. Il ne l'avait pas volée. Mais il évitait de lui raconter le détail de sa vie à la brigade. Nguyen Ngoc Bui avait connu la guerre civile, il avait été témoin du lot d'horreurs que le Vietnam avait charrié, inéluctablement. En France, il avait découvert la paix et la savourait. Les seuls faits divers qui parvenaient jusqu'à eux étaient ceux que rapportait la presse locale : des escroqueries au distributeur de billets situé de l'autre côté de la place, en face de leur magasin, et la grivèlerie. Frédéric écoutait son grand-père lui raconter ces incidents et déplorer la dégradation du civisme. Il refusait d'assombrir leur fin de vie par des histoires sordides.

Quand Bui lui demandait ce qu'il faisait exactement, il répondait qu'il s'occupait d'enfants. Et s'il insistait, Frédéric ajoutait : « Des enfants qui rencontrent des difficultés. »

« Tu exagères », riait Audrey en sortant de

chez eux, à t'entendre tu fais du soutien scolaire – ou de l'animation en milieu défavorisé.

Mauvais traitements, inceste, prostitution, abandon, tel était l'ordinaire de la brigade de protection des mineurs. Une fenêtre ouverte sur les égouts de l'humanité. Frédéric avait entendu dire par son grand-père que la guerre provoque toujours le réveil de vieux démons chez les hommes. Il découvrait qu'une guerre n'est pas nécessaire pour cela. Les temps de paix produisent leur comptant d'horreurs. L'imagination, la perversité de l'esprit humain sont sans limites.

En vérité, un volume inchangé de violence, de cruauté, de perversité traversait l'humanité, se déplaçant, changeant de forme, d'expression. Les criminels en avaient leur part, et un peu davantage.

Quand Frédéric rentrait chez lui, la tête pleine de cris et d'images violentes, il pouvait rester toute une soirée prostré sur le canapé du salon, incapable de parler, d'échanger avec Audrey, répondant évasivement à ses questions. Il avalait un cachet d'aspirine et somnolait dans une demi-pénombre. Puis, d'un bond, il prenait sa moto et partait seul sur les chemins alentour, même à la nuit tombée. Dans les longues lignes droites qui s'étiraient le long du fleuve, il accélérait, soulevant un nuage de poussière blanche. Mais il lui semblait que l'air frais du soir qui le cinglait le lavait des salissures de la journée.

Évidemment, à côté de ce quotidien, les incartades du quartier que lui rapportait Audrey lui apparaissaient comme des peccadilles. Le couple bruyant du rez-de-chaussée, les voleurs de bicyclette devant l'immeuble, les gamines qui traînaient devant la terrasse du bar du coin de la rue et subtilisaient les portables ? Allons, jugeait Frédéric, c'étaient d'assez bons petits diables. Il aurait fallu les attraper, les sermonner et même leur administrer une correction comme on l'eût fait pour des enfants impolis et tout ce monde serait rentré dans le rang.

Audrey ne voyait pas les choses ainsi. Ces incivilités la mettaient hors d'elle, et sa différence d'appréciation avec lui était l'occasion de disputes. Audrey lui reprochait de ne pas la prendre en considération.

— On dirait que tu t'en fous.

— C'est le pourcentage incompressible de délinquance. Ça a toujours existé. On ne peut pas faire grand-chose…

— Pour un flic… tu te résignes vite… bravo !

Frédéric ne répondait rien. Il souriait.

C'est à cette époque que s'est forgée son inoxydable ironie. Il s'est fabriqué ce masque pour se garder de la brutalité du monde. Comment aurait-il pu vivre autrement ? De ce qu'il entendait tous les jours fallait-il déduire une philosophie de l'homme ? Elle eût été trop noire, désespérante. Ce qu'il vivait, voyait, entendait, pouvait le hanter des jours durant, il n'en montrait rien, au contraire, devant Audrey, il affichait un air désinvolte, faisait des commentaires goguenards. Au fond de lui, il n'en était pas de même.

La serrer amoureusement dans ses bras, l'embrasser, avec en tête la petite prostituée du boulevard et ses mines aguichantes ? Comment parler avec elle de l'enfant qu'elle attendait, avec dans la tête, comme si c'était dans la pièce voisine, la voix éteinte de cette femme que les médecins soupçonnaient d'avoir secoué son bébé ? Les examens l'attestaient et elle avait nié, avant d'avouer : « Il n'arrêtait pas de pleurer, ce petit con... »

Oui, comment envisager un avenir quand le présent vous apparaît violent et désolant ? Plutôt que de risquer l'écœurement, le cynisme ou la haine de l'humanité, Frédéric avait fait de ces séances de dépositions une sorte de théâtre, extérieur à lui, et pour ainsi dire à la réalité.

Ce n'est que la nuit, au creux de l'épaule d'Audrey ou la tête posée sur son ventre, qu'il s'apaisait. La peau soyeuse et chaude lui faisait oublier la noirceur de la journée. Audrey prenait sa tête entre ses mains et la pressait contre elle, et ce geste tendre réveillait en lui l'instinct de l'enfant qui recherche auprès de la femme un monde intérieur, tout de douceur et d'amour. Alors seulement Frédéric pouvait s'endormir.

XII

C'est à son deuxième séjour en prison qu'Hicham a rencontré Mokhtar – l'imam Mokhtar. Il n'est pas l'imam officiel de la maison d'arrêt. Un aumônier du culte musulman vient deux fois par semaine. Mais la plupart des détenus l'ignorent et le méprisent : c'est un agent de l'administration française, payé par elle. « Un harki », disent-ils comme s'ils crachaient par terre. À l'inverse, Mokhtar est estimé parce qu'il partage leur vie, il est détenu, comme eux. Cet homme de haute taille, à la barbe impeccable, au regard perçant et noir, toise les matons. Ceux-ci le respectent. Rien ne semble avoir de prise sur lui. Il n'obéit à personne, il est en prison parce qu'il le veut bien : à sa convenance. Et alors que l'aumônier tient des propos doucereux qui semblent sortir d'un manuel édité par un ministère, Mokhtar parle vrai. Un homme de Dieu, de surcroît attentif à la vie quotidienne de ses codétenus.

— Tu as besoin d'argent, mon frère ? De cigarettes ? D'un portable ?

Il lui a glissé dans la main une liasse de billets « pour tes petits frais », et le lendemain lui a fait passer un téléphone. À Mokhtar, rien ne paraît impossible. Il vit en prison mais avec lui les murs et les portes n'existent pas ; il s'en affranchit sans mal. C'est du moins l'image qu'il donne. La captivité, qui accable la plupart des détenus, ne paraît pas lui peser.

— En sortant de prison, il faudra que tu changes de vie, Hicham.

— Pour faire quoi ? Travailler dans cette société de merde ?

— Je ne te parle pas de ça. Tu dois d'abord être un bon musulman, c'est important…

La religion. Le mot renvoie Hicham à la piété de ses parents. Au fil des années, la pratique de l'islam a été facilitée. Une salle de prière s'est ouverte à la cité du Lac. Brahim l'a fréquentée quand il a pris sa retraite. Asma trouvait désormais facilement des ingrédients pour cuisiner les repas de rupture du jeûne et les sucreries de l'iftar ; ce qui est *haram*, ce qui est halal, ça commence à infuser dans la société française. Mais quand les enfants grandirent, il fut plus difficile de les obliger à respecter les prescriptions alimentaires. Quant à la prière du vendredi…

— La prière, le jeûne, c'est bon pour les *chibanis*, les vieux. Normal : avec l'âge, ils préparent la grande rencontre avec Dieu.

À l'école, au club de foot, tout le monde

négligeait la religion, les cathos comme les muslims. On s'en battait. Les matchs avaient lieu le dimanche matin. Et en sortant du stade, on allait prendre une bière.

Lorsqu'Hicham a rencontré Emma, il ne s'est pas demandé si c'était haram ou halal de sortir avec une non-musulmane. Il lui a semblé que son cœur, mieux que tous les hadiths du monde, était le mieux à même de répondre à la question. Quand ils sont ensemble, Hicham et Emma ne parlent jamais de religion. Islam, catholicisme, pas très glamour, comme sujet. Elle ne boit pas d'alcool et ne mange pas de charcuterie – mais pour des raisons diététiques.

— Tu ferais une bonne musulmane, toi.

À chaque fois, ça les fait rire.

À l'approche du ramadan, les gardiens ont proposé aux détenus de remplir une fiche dite de protocole du jeûne. Ça permettait de reporter le déjeuner au soir et de recevoir de surcroît une collation de rupture du jeûne, des dattes, du saucisson halal, des biscuits secs. Hicham a constaté que beaucoup s'étaient inscrits. Alors il a décidé de faire comme eux. Ça faisait longtemps que ça ne lui était pas arrivé.

Pour la première fois, il a eu le sentiment de faire partie d'une communauté, soudée, cohérente, forte. Il en a tiré une immense joie, mieux : de la fierté. C'est plus facile de pratiquer à plusieurs. Toute la journée, pour tromper la faim, il lisait le Coran que lui avait procuré Mokhtar. Le jeûne et les séances de lecture lui firent du bien. Plus que par la musculation, à laquelle il s'astreignait, il se trouva revigoré.

Allongé sur son lit, il se demandait pourquoi il avait passé tant de temps en compagnie de gens enfoncés dans ce que Mokhtar appelle la *dounia*: la vie matérialiste. Hicham en a voulu à ses parents d'avoir pratiqué un islam tiède, discret, dilué dans la société française. Comment ont-ils pu accepter un jour que ses sœurs vivent à l'européenne ? Quand elles ont commencé à fréquenter des garçons, abandonnant toute pratique religieuse, Brahim n'a rien dit, acceptant la situation comme inéluctable. « Au fond, pensait Hicham, mon père n'a jamais cessé de raser les murs, comme s'il se sentait illégitime en France. Il a accepté de limiter sa foi à la sphère privée, accepté de faire de l'islam une coutume inoffensive, alors que c'est un mouvement puissant, total, qui doit soulever toute la société. » Il revoyait Brahim s'excuser auprès des voisins qui s'étaient plaints du bruit occasionné par la rupture du jeûne. Comme si c'était honteux.

D'un coup, il a ressenti ce temps comme une période insupportable de sa vie : une longue succession de renoncements et d'humiliations. Partout, il n'a jamais été regardé que comme « le petit Arabe » ; on parlait de lui, de sa famille, de leur pratique de l'islam apparemment avec bienveillance. En réalité avec commisération. Et, comme ses parents, lui aussi avait consenti.

C'était l'heure de la promenade quotidienne, il marchait à côté de Mokhtar.

— Elle est croyante, ta meuf ?

— Ben non. C'est une Française, tu sais. Elle s'appelle Emma.

Mokhtar lui a expliqué que les femmes doivent obéir à leurs maris, au nom de la *qiwama*, l'autorité qu'Allah réserve aux hommes. Il a cité un hadith : *La femme est une* 'awra *et lorsqu'elle sort de chez elle, elle est à la merci de Satan. Elle n'est jamais aussi près d'Allah que lorsqu'elle est dans l'endroit le plus reculé de la maison.*

— Ce n'est pas seulement ta vie privée qu'il faut changer, Hicham. Je vais te dire quelque chose. Pratiquer sa foi c'est bien, mais il faut que tu ailles plus loin ; tu dois défendre l'islam, partout. Ici l'État persécute la religion, impose des lois qui la dénaturent. Si Allah est la vérité, il faut se battre pour lui. La vérité, c'est quoi ? Rien d'autre qu'un combat contre l'erreur.

XIII

« Donner une idée de notre religion par notre bonté et nos vertus, être en relations affectueuses avec autant d'âmes qu'on le peut. » Selon l'esprit de Charles de Foucauld, la fraternité d'Agnès s'est donc installée aux Alouettes, à la périphérie de Brandes. « Les Alouettes », derrière ce nom poétique, sorti de l'imagination d'un promoteur, se cache une réalité moins agreste. Dans les statistiques du ministère de la Ville, la cité occupe souvent le haut du tableau de la pauvreté, de la délinquance, de la vétusté. C'est de loin le quartier le plus sensible de la région. Justement. Installées ailleurs, les religieuses auraient eu l'impression de composer avec leurs vœux. De rechercher le confort et la facilité. Elles occupent un appartement dans une tour de treize étages. Au rez-de-chaussée, les musulmans de la cité ont obtenu de l'office HLM une salle de prière où, le vendredi, se pressent les hommes. Celle-ci s'est vite révélée trop petite et il est fréquent que des fidèles doivent déplier dans le hall leurs tapis de prière. Pour rentrer chez elle, Agnès contourne des corps prosternés.

Cette immuabilité du monde musulman l'impressionne. Ses traditions, sa ferveur semblent intactes. Les croyants vivent dans une France moderne, laïque, largement étrangère à la religion – même le christianisme n'est plus guère visible – mais rien ne semble entamer leur pratique. Les hommes portent le qamis et le sarouel, les femmes le hijab. Le rite reste inchangé, ancré depuis plus d'un millénaire dans la vie des fidèles : un rendez-vous cinq fois par jour pour la prière, une soumission à Dieu affichée, absolue, indiscutable, qui leur commande de se prosterner, de faire l'aumône, de jeûner. Aucun accommodement n'est envisageable.

Agnès, qui cherche à vivre l'enfouissement à l'exemple du Christ à Nazareth, les observe avec curiosité. Les musulmans vivent et pratiquent avec une ostentation qui ne laisse pas de l'étonner. Mais qui la provoque : « Et toi, Agnès, pries-tu autant qu'eux, et avec autant de soin ? »

Bien sûr, elle sait que Dieu ne demande pas ça, que le rite ne fait pas forcément la foi, mais elle, Petite Sœur Agnès de Jésus, s'interrompt-elle comme eux, à heure fixe, pour L'adorer ? Pratique-t-elle l'ascèse qui est la leur lors du ramadan, pour épurer sa vie ?

Agnès a décidé de considérer l'islam non comme une religion concurrente, mais comme un stimulant pour sa propre vie spirituelle. Dès qu'elle voit un musulman s'arrêter et s'agenouiller dans la rue, ou lire le Coran dans le bus, elle l'imite et entre en prière. Désormais, lui semble-t-il, sa vie spirituelle a plus de force.

Elle en est convaincue : puisque l'islam est là, il doit agir comme un aiguillon pour les chrétiens dont la foi s'est assoupie. C'est peut-être son rôle prophétique.

La fraternité : jamais le nom choisi par Magdeleine Hutin pour qualifier ses communautés ne lui a semblé si nécessaire. Dans le quartier des Alouettes, les musulmans cohabitent avec les Gitans et les plus anciens des habitants du quartier, d'origine française, dont le nombre s'amenuise. Au fil des ans, chaque groupe a pris possession d'un immeuble, d'une tour. On vit côte à côte. Guère davantage. Ici le « vivre-ensemble » reste un slogan. Ce n'est pas vraiment une réalité. « C'est incroyable comme la France s'est morcelée », songe-t-elle.

Un jour, elle s'est fait voler son vélo, son cher vélo. Elle habitait aux Alouettes depuis quelques semaines seulement. Elle a entendu les enfants du quartier commenter l'événement.

— C'est les Gitans, assurait Marwan : tous des voleurs.

— C'est les Arabes, rétorquait Saber. Dès qu'il y a un problème, c'est eux.

Agnès ne saura jamais qui était l'auteur du vol. Ni qui, des Gitans ou des Arabes, l'a rapporté : un matin elle a eu la surprise de le retrouver, appuyé contre le mur où elle le posait tous les jours.

— Maintenant, il faut que tu mettes une étiquette dessus, lui a dit Marwan.

— Une étiquette, pour quoi faire ?

— Dessus, tu écris « Les Alouettes », et plus personne ne te le volera.

Agnès a éclaté de rire. Elle n'a pas obéi à Marwan mais son vélo n'a plus jamais disparu : elle était « de la cité ».

C'est une peccadille à côté d'une réalité plus grave : aux Alouettes les gangs tiennent le marché de la drogue. Tous les soirs, à la tombée de la nuit, Agnès voit de sa fenêtre le trafic se mettre en place, parfaitement organisé. Il y a les guetteurs à l'entrée de la cité, et les guides qui mènent les clients jusqu'aux points de vente, le long d'un mur d'enceinte. Les vendeurs, qu'on appelle ici les « bicraveurs », sont assis dessus à califourchon. Les tarifs sont inscrits au marqueur : vingt euros les deux grammes d'herbe, cinquante euros le gramme de cocaïne. Et le produit phare, la « frappe », de la résine concentrée, est vendu six euros le gramme. Depuis quelques mois, un *shit drive* est même organisé aux Alouettes. Il suffit d'avoir commandé, de se rendre en voiture dans la cité, de ralentir, la transaction prend quelques secondes, à peine plus que de demander un renseignement.

Un véhicule suspect, un fourgon de police s'engage-t-il sur le boulevard ? Un cri se fait entendre de loin, comme un roucoulement d'oiseau, *arrrrra.* Ce sont les guetteurs qui entrent en action. Les vendeurs sautent prestement du mur, les clients se volatilisent, des voitures démarrent, comme par enchantement.

Chaque automne, des affrontements entre les gangs ont lieu pour la redéfinition du territoire de chacun. Des véhicules et des scooters brûlent aux Alouettes, des coups de feu éclatent, laissant des hommes à terre. « Charbonner », dealer, n'est pas un métier de tout repos. Après le dernier règlement de comptes, une mare de sang a taché le trottoir au pied de la tour pendant de longues semaines, jusqu'à ce que la pluie vienne laver la trace de l'homicide. Des jeunes qu'elle connaît, qu'elle croise, dont elle fréquente les mères, disparaissent du jour au lendemain : leurs têtes sont mises à prix. On dit que des tueurs vont venir de Marseille pour les éliminer. Alors ils vont se faire oublier ailleurs, chez un frère, un cousin, à l'autre bout de la France. Agnès se croirait revenue en Afrique du Sud. De part et d'autre de l'équateur, c'est la même violence qui régit le cœur des hommes.

Agnès regarde les enfants de La Goutte de lait : elle les aime mais il faut être lucide ; dans dix ans, quinze ans, ils seront happés par ce monde, rejoindront le trafic, cela semble inéluctable, comme une loi de l'attraction. Ces garçons de sept, huit ans qu'elle croise dans la cité, elle les a langés, bercés, soignés. Ce sont maintenant de petits hommes. Ce jour-là, ils portent des chaussures sans lacets. Drôle de dégaine.

— C'est pour faire genre « sortie de gave », fanfaronnent-ils.

— De gave ?

La garde à vue, faut-il que ce mot soit si courant dans leur quotidien pour qu'ils l'utilisent ainsi… Agnès sourit : bien sûr, on est dans *La Guerre des boutons.* Mais quand même…

Elle en est convaincue, le salut viendra des femmes. D'Habiba et d'Inès qui passent leur bac cette année, de Kenza qui finit Sciences-Po à Bordeaux. De leurs mères aussi. Elles portent la vie, elles l'entretiennent, l'embellissent, l'adoucissent par leur présence dans la cité. Leurs filles travaillent bien au lycée. Agnès anime un atelier gourmand : chaque mois, elle réunit une quinzaine de femmes dans une salle du quartier. Chacune doit réaliser une recette de cuisine apportée par une autre : Dina la Gitane fabriquera des makrouts aux dattes et au miel et Lamia un goulasch de mouton. Ensuite, on commentera les plats, on échangera des conseils, enfin on mangera ce qu'on a cuisiné.

La nuit est tombée sur Les Alouettes. Agnès est à sa fenêtre. À travers le grillage destiné à arrêter les pigeons qui sont légion sur la tour, son regard balaie le paysage, les immeubles devant elle. Des ombres passent en bas, dans la rue, des lumières s'allument aux fenêtres. Elle offre à Dieu cette humanité qu'il lui a mystérieusement confiée.

XIV

David n'ouvre jamais un livre. Les derniers, c'était pour le lycée. Et encore… *Le Petit Prince, Le Malade imaginaire, Candide,* maintenant on trouve sur Internet tous les résumés et les commentaires des œuvres, pas besoin de les lire. Un roman qu'il ait lu récemment ? Il cherche un titre, en vain… Mais il a dévoré tous les *Harry Potter,* Laure ne manquait jamais de lui offrir le dernier volume paru. Son enfance a été rythmée par ces parutions. *Harry Potter et le Prince de sang-mêlé, Harry Potter et les Reliques de la Mort.* David a bien aimé, il savait tout de la vie à Poudlard, des démêlés des élèves de l'école avec Voldemort. Ses amis et lui parlaient comme leurs héros, de Moldus, de poudre de cheminette, de Serpentard, des Mangemorts, des Patronus et des Détraqueurs. C'était leur univers, inaccessible aux parents. David s'en souvient comme d'un temps insouciant et joyeux, aujourd'hui évanoui. Le charme est passé.

Pour rien au monde il n'oserait parler à Hassan de *Harry Potter.* Rentré chez lui, à la main le livre que celui-ci lui a donné, David réentend sa voix paisible : « Lis-le, tu comprendras. »

C'est un ouvrage à la couverture en similicuir noir, portant un joli motif en écriture arabe, et ce titre : le Coran. Il l'ouvre.

1. Au nom d'Allah, le Tout Miséricordieux, le Très Miséricordieux.

2. Louange à Allah, Seigneur de l'univers.

3. Le Tout Miséricordieux, le Très Miséricordieux,

4. Maître du Jour de la rétribution.

5. C'est Toi [Seul] que nous adorons, et c'est Toi [Seul] dont nous implorons secours.

6. Guide-nous dans le droit chemin,

7. le chemin de ceux que Tu as comblés de faveurs, non pas de ceux qui ont encouru Ta colère, ni des égarés.

Sourate II

1. Alif, Lam, Mim.

2. C'est le Livre au sujet duquel il n'y a aucun doute, c'est un guide pour les pieux

3. qui croient à l'invisible et accomplissent la Salat et dépensent [dans l'obéissance à Allah], de ce que Nous leur avons attribué.

4. Ceux qui croient à ce qui t'a été descendu [révélé] et à ce qui a été descendu avant toi et qui croient fermement à la vie future.

5. Ceux-là sont sur le bon chemin de leur Seigneur, et ce sont eux qui réussissent [dans cette vie et dans la vie future].

6. [Mais] certes les infidèles ne croient pas, cela leur

est égal, que tu les avertisses ou non : ils ne croiront jamais.

7. *Allah a scellé leurs cœurs et leurs oreilles ; et un voile épais leur couvre la vue ; et pour eux il y aura un grand châtiment.*

Ce style, ces phrases, ces mots… David referme le livre. La religion c'est pas pour lui. Trop compliqué. Il n'est sûr que d'une chose : un sang inconnu coule en lui, dont il ne sait rien, et cette énigme le taraude.

Son imagination prend feu. Est-il le descendant d'un moudjahid, qui aurait combattu pour que le drapeau vert et rouge du FLN flotte enfin librement sur le port d'Alger ? Le saura-t-il un jour ? Il se plaît pourtant à se représenter le père de Salima : un fellaga ayant pris les armes pour l'indépendance de son pays, vite déçu par le nouveau régime, ayant immigré dans les années soixante-dix, en gagnant la France, oui, le pays même de ceux qu'il avait combattus. Le rebelle avait été obligé d'en rabattre, réduit à louer ses bras. La France avait perdu la face en Algérie. Elle prenait sa revanche sur ses anciens adversaires qu'elle contraignait à accepter des métiers dégradants, qu'elle reléguait dans la périphérie de ses villes. Les héros des Aurès étaient devenus des « Maghrébins », des « immigrés ».

Quand Salima est tombée enceinte, son père a explosé : « Pays de malheur qui ne nous respecte pas, nous, notre religion, nos filles. » Cette révolte s'est transportée et bouillonne maintenant en lui.

Depuis qu'il s'est inventé cette histoire familiale, David est rasséréné. Il n'a plus besoin de se perdre, de s'enivrer de fadaises. Il n'a plus jamais vu Joëlle, et il a arrêté le rugby. Il reste souvent seul dans sa chambre, il ne regarde plus *The Voice* ou *Homeland* avec sa mère. Sur un site de streaming, il a découvert une autre série : *Fauda.* Elle met face à face des soldats des forces spéciales israéliennes et un militant palestinien du Hamas, Abu Ahmed, dit « La Panthère » : « La Panthère » a à son actif la mort de cent seize Israéliens. Il est le cauchemar des forces de défense. Le scénario l'a vite énervé par ses partis pris, on voit que c'est fait par des Israéliens, mais c'est là qu'il a entendu pour la première fois le mot *chahid*, martyr.

Il ne fréquente plus le Grand Café du centre, en revanche il est retourné à la salle de prière, avec Rédoine ou non, et à chaque fois il se rend au bar attenant, La Rose de Saïda. Là il boit le thé. Les hommes s'y retrouvent le samedi : ils jouent aux cartes et discutent, des heures durant. David les écoute, saisissant au vol des bribes de conversations.

— Des terroristes ? C'est les Français qui disent ça. Ce sont des soldats d'Allah.

Celui qui parle est jeune, trente ans peut-être, un regard ardent qui fixe ses contradicteurs. David tend l'oreille.

— Leur violence répond à celle dont les croyants sont victimes, à Gaza, en Syrie.

— Non ! Elle nous discrédite.

David a reconnu la voix posée d'Hassan.

— Ils persécutent nos femmes en les empêchant de porter le hijab. Leur laïcité est une machine de guerre contre l'islam.

— Les terroristes font plus contre le Prophète qu'une coalition armée, *wallah* ! C'est une folie. Le monde entier nous déteste.

— Un jour, il comprendra.

Hassan s'est tu, comme à court d'arguments. Son contradicteur triomphe. Défendre froidement le terrorisme, lui trouver des circonstances atténuantes, une justification, David n'en revient pas. Il se penche vers son voisin.

— C'est qui ?

— C'est Hocine. Un imam qui vient de Toulouse pour la *khoutba*, le prêche. C'est un savant. Il a un logiciel dans la tête.

Hocine est une grande tige au visage anguleux caché par une barbe, il porte de petites lunettes rondes qui cerclent son regard enflammé. Sa voix est grave, mélodieuse, il s'exprime bien, avec détermination. Il remarque David au bout de la table, qui le fixe depuis un moment.

— Eh toi, tu t'appelles comment ?

— David.

— David ? Tu veux dire Daoud… T'es un rebeu, alors tu t'appelles Daoud. Ça va, Daoud ? Qu'est-ce que tu bois ?

David sent une bouffée de chaleur l'envahir.

Il se sent bien. Il ne perd pas une miette de la conversation.

— Les médias nous caricaturent. À chaque attentat en France, on sort un nom à consonance musulmane. Même si l'assassin est un fou, pour BFM TV c'est d'abord un Arabe, donc un musulman, donc un djihadiste. Trop facile… La barbe ne fait pas le terroriste.

La dernière phrase d'Hocine lui trottera longtemps dans la tête. Pour le bac de français, David a étudié « Strophes pour se souvenir », le poème d'Aragon, et des mots lui sont revenus. « Noirs de barbe et de nuit, hirsutes, menaçants… » Sur son iPhone, il a retrouvé le poème intégral récité dans une vidéo par un homme en noir, le cheveu blanc dressé, qui murmure : « Vous n'avez réclamé la gloire ni les larmes, Ni l'orgue… » Internet donne tous les détails de sa composition, et raconte l'histoire de Manouchian, le résistant arménien, et celle de l'Affiche rouge qui reproduisait les portraits des hommes du groupe : « Des libérateurs ? » lisait-on. « … un effet de peur sur les passants… »

Les mots de son prof lui reviennent en mémoire : il avait raconté aux élèves les faits d'armes d'un maquis de la région. Un groupe de réfractaires au STO, installé dans une forêt voisine, harcelait régulièrement les convois qui traversaient le département. Ils coupaient des routes, tendaient des embuscades. Jusqu'en 1944, ils étaient qualifiés de terroristes par les autorités et la presse. Et puis, au fur et à mesure que l'occupant refluait, les terroristes devenaient des résistants. Leur chef deviendrait préfet. Tout était affaire de rapports de force. L'esprit humain fonctionnait ainsi ; il y entrait un peu de calcul, c'est-à-dire de lâcheté.

— Les soldats du califat ne sont pas des terroristes.

Hocine a dit les choses, sans jamais prononcer un mot qui laisse planer le doute. Plus personne ne parle après lui. David apprendra qu'Hocine a étudié à l'étranger. Il a vécu en Égypte et au Yémen. Aujourd'hui, il regarde beaucoup la télévision, les réseaux sociaux ; « Imam 2.0. », comme l'appellent les jeunes de la communauté. Il lit tous les journaux. C'est peut-être pour ça qu'il a un avis sur tout et une belle assurance pour tenir tête à ses contradicteurs.

Hassan, le sage Hassan, essaie de nuancer les propos d'Hocine.

— Tu es excessif.

— Excessif ? À Paris, on fait un drame pour dix personnes tuées, mais on ne dit rien des milliers de frères assassinés par les bombardements des avions français. Qui réagit à ça, Hassan ? Qui proteste ? Un million de personnes viennent de défiler dans Paris pour *Charlie Hebdo.* Et pour les enfants syriens, les Irakiens, les Libyens ? Personne !

— Les dessinateurs n'étaient pour rien dans les bombardements.

— Ils offensaient Allah. Ils blessaient les

croyants. Les enfants de Raqqa n'ont pas de journaux pour se défendre.

— C'est la liberté d'expression.

— Elle doit passer après le respect.

— Elle est sacrée en France.

— Sacrée, Hassan ? Vraiment ?

Hocine est parti dans un rire grinçant :

— On peut rire de tout ? Ah oui ? Une blague. Fais une blague sur la Shoah, tu verras si tout est permis.

— Rien ne justifie le recours à la violence, Hocine.

— Quand tu attaques la religion de quelqu'un, c'est comme si tu t'en prenais à sa mère. Tu accepterais, toi, qu'on attaque la tienne, qu'on la ridiculise, sans réagir ? C'est plus fort que toi, tu balancerais ton poing dans la gueule de l'agresseur. Normal. Un fils défend sa mère, un croyant, l'islam. Pourquoi on ne peut pas le dire ?

David écoute, interdit. Il est un peu effrayé par ce qu'il entend. C'est comme si surgissait sous ses yeux une contre-société. En apparence, tous ces hommes vivaient en France, parlaient français, pensaient en français, et n'étaient le qamis et la barbe, ils ressembleraient à des citoyens ordinaires. Mais leur réflexion sur la société, le mariage, la médecine n'est pas ordinaire. On peut donc penser autrement que les médias sur l'islam, Israël, les Palestiniens.

Cette découverte le fait frissonner. Jamais on ne tiendrait de tels propos chez ses parents. Au contraire : pour les Berteau, s'éloigner d'une opinion communément admise a quelque chose de suspect, d'inquiétant même. François et Laure sont des enfants de leur temps. Ce sont des citoyens français, amateurs de tendances, de soldes, des CSP+ qui voyagent, fréquentent les restaurants et les cinémas où ils vont voir des films recommandés par les magazines. Jamais il ne les a entendus critiquer la pensée dominante, le capitalisme, ni l'impérialisme américain des blockbusters, d'Amazon et d'Apple.

Rompre avec la vulgate contemporaine, c'est si attirant, si vertigineux. David ne sait pas s'il en aura le courage.

XV

En rentrant d'Algérie, Georges Tellier passa une semaine dans une abbaye en montagne. Il avait renoncé à rester comme coopérant. L'image de Bernard ne le quittait pas, elle avait rompu un fil entre lui et ce pays où il venait de passer trois ans. Désormais, il était travaillé par un besoin étrange, celui de se purifier : se purifier de la violence qu'il avait côtoyée, de sa vie, du vocabulaire et des manières frustes qui avaient été les siens pendant trente mois. Il acceptait les « Visitations » annoncées par Sénac.

Derrière les hauts murs qui l'avaient accueilli, il dormit d'abord beaucoup. Il suivit les offices des moines, savoura l'air froid et le silence du monastère, pas très différent de celui des nuits algériennes qu'il avait tant aimées.

Il passait de longues heures dans la chapelle qui venait d'être restaurée. L'architecte avait audacieusement ouvert derrière le chœur une immense baie vitrée donnant sur un massif enneigé. Les jours de soleil, la vue était magnifique. Elle donnait une image du Paradis, ou de la pureté, une image parfaite. Georges lisait les Évangiles en continu grâce à un volume trouvé au fond de la chapelle. Matthieu, Marc, Luc, Jean racontaient de belles histoires, où l'homme se révélait tel qu'en lui-même : la curiosité de Zachée, la pusillanimité du jeune homme venu interroger Jésus, la colère de Pierre au jardin, sa lâcheté quelques heures plus tard. Et les questions des pharisiens, si scrupuleux. Et l'injonction de Jésus aux pêcheurs du lac de Galilée : « Viens et suis-moi. » Il connaissait ces mots simples qui signifient ni plus ni moins la naissance de l'Église. Mais le jour où ils lui tombèrent sous les yeux, ce fut comme s'ils étaient prononcés pour la première fois ; et adressés à lui en particulier. Jésus n'était plus sur le bord d'un lac avec des pêcheurs, il parlait à un jeune homme de la France du XXe siècle.

À la messe qui suivit, il entendit les paroles de la Consécration : *Ceci est mon corps livré pour vous,* et il fut rempli d'une certitude : Dieu se livrait pour lui, Georges Tellier, et pour les hommes d'hier et d'aujourd'hui ; comme une bombe à fragmentation, le miracle se reproduisait à chaque messe, par le mystère d'une parole prononcée des milliards de fois, hâtivement, distraitement. La coupe était élevée par des mains maladroites ou indignes. *C'est de toi, c'est de ta voix, c'est de tes mains que j'ai besoin. Tu feras ceci en mémoire de moi.*

— Pourquoi moi ?

Rien ne l'empêchait de repousser cette petite voix intérieure qu'il entendait. Personne n'en saurait rien. Mais une autre part de lui l'incitait à se lancer. Il se représentait un petit groupe de juifs s'embarquant pour Corinthe, Antioche ou Éphèse, proclamant à la face du tout-puissant Empire romain la venue d'un Dieu fait homme, et l'annonce de sa résurrection. Et leurs prêches balayaient les temples de Jupiter, Vénus, Mithra et Isis, rendant vains les sacrifices d'animaux. Les hommes de ce temps avaient épousé une foi nouvelle et révolutionnaire qui affirmait qu'un condamné cloué à la croix des assassins, aux portes de Jérusalem, avait vaincu la mort. Et cette nouvelle inouïe était annoncée par qui ? De frustes pêcheurs, et une cohorte de femmes. Les femmes, surtout, sensibles à cette parole, qui prenait racine dans l'amour, la propageaient partout, dans leurs maisons, sur les marchés et les places.

Alors Georges consentit et murmura : « *Fiat* », oui.

Le séminaire était une bâtisse imposante, datant du XVIIIe siècle. Il avait été installé dans un ancien collège, remarquable par ses grandes galeries, ses salles de classe ornées de plafonds peints, et sa chapelle. Jamais Georges Tellier n'avait davantage fréquenté une bibliothèque. Elle sentait bon le bois et la poussière mêlés d'encaustique. On y trouvait les livres de l'école française de spiritualité, ceux des penseurs du moment, les Congar, Daniélou, Varillon et même Teilhard de Chardin, qui pourtant, à en croire ses professeurs, était sujet à caution. Mais ce furent les textes du concile Vatican II qui le comblèrent vraiment. Ils venaient à peine d'être publiés et les séminaristes les lisaient avec passion, les disséquant, les méditant. L'un d'eux transporta Georges. Il avait pour titre *Gaudium et spes.* « Joie et espoir », ça c'était un programme qui lui plaisait : l'Église, cette institution bimillénaire, se révélait bien plus audacieuse que les États temporels. Sans renoncer à conduire l'humanité à Dieu, à la sauver, elle prenait acte de l'évolution du monde, des progrès scientifiques et économiques qui changeaient la perception que l'homme pouvait avoir de l'univers et de la vie. Dans un carnet qui ne le quittait pas, Georges avait noté cette phrase : *Refuser Dieu ou la religion, ne pas s'en soucier, n'est plus, comme en d'autres temps, un fait exceptionnel, lot de quelques individus : aujourd'hui, en effet, on présente volontiers un tel comportement comme une exigence du progrès scientifique ou de quelque nouvel humanisme.*

Dans les paroisses, Vatican II et son application agitaient les catholiques. Il y avait le concile et l'esprit du concile : abandon du latin, réforme de la liturgie, messe désormais célébrée face aux fidèles, disparition de la soutane, des confessionnaux, qu'est-ce qui était dans les textes, qu'est-ce qui en était l'« esprit » ? Qu'est-ce qui était opportun ? Qu'est-ce qui était prématuré ? hâtif ? prophétique ? suicidaire ? Des voix s'élevaient, s'opposaient, dans la plus grande cacophonie. L'Église avait ouvert la porte, un grand vent s'y engouffrait.

Georges écoutait ces débats distraitement. Ils lui paraissaient secondaires. Il suivait plutôt ce que son père spirituel lui disait. Dom Pikkendorff, vieux moine d'un monastère voisin, était, en dépit de son nom féodal, un homme paisible qu'un demi-siècle de vie cloîtrée avait rendu philosophe. Il avait accepté de faire de la direction spirituelle. Aux questions avides du séminariste, il répondait d'abord par un sourire, un silence puis par une question. Le monde changeait, certains se perdaient, fallait-il réfléchir à la tenue à mettre, à la langue à employer pour les sauver ? Les modalités de la liturgie, n'était-ce pas une affaire de spécialistes ? L'important n'était-il pas dans la manière de célébrer et pour les fidèles de participer ? « Seul compte le salut des âmes », répétait-il à Georges.

Celui-ci ressentait l'urgence d'annoncer le Christ dans une société qui venait de découvrir l'abondance. Mais comment faire ? A-t-on encore faim et soif de Dieu quand nos désirs semblent comblés par la consommation ? Le progrès libérait l'homme de ses peurs millénaires. En cette seconde partie de XXe siècle, la mort s'éloignait ; pour ainsi dire, elle s'adoucissait. La durée de vie s'allongeait, la mortalité infantile chutait. Les vieilles techniques de grands-mères pour éviter les grossesses laissaient place à des recours chimiques, apparemment infaillibles. Le mystère de la conception s'éclaircissait au fil des ans. « Au diable les sermons, criait l'époque, maintenant il s'agit de vivre. »

— Crois-tu que toutes ces révolutions rendent les hommes heureux ? lui demandait dom Pikkendorff.

C'est au cœur d'un monde rythmé par le travail, mais aussi par les loisirs, les voyages, la communication, que Georges voulait crier que le Christ était présent. Il brûlait de leur dire l'amour de Dieu pour eux ; oui, la science répondait chaque jour davantage à tous les « comment », grâce à ses progrès. Mais les « pourquoi »... Pourquoi l'amour entre deux êtres ? Pourquoi la souffrance, le mal, l'injustice, la mort ? Pourquoi la vie, ici, en France, à l'aube du troisième millénaire ? Le microscope, l'éprouvette, la télévision, l'ordinateur ne répondraient jamais à ces questions.

Un passage de la conclusion du concile, maintes fois cité durant ses études, conduirait et nourrirait sa vie de prêtre. Il en ferait son programme : *Ce ne sont pas ceux qui crient « Seigneur, Seigneur ! » qui entreront dans le royaume des cieux, mais ceux qui font la volonté du Père, et qui, courageusement, agissent. Car la volonté du Père est qu'en tout homme nous reconnaissions le Christ notre frère et que nous nous aimions chacun pour de bon, en action et en parole, rendant ainsi témoignage à la vérité.*

Georges fut ordonné le jour de la Saint-Paul-et-Saint-Pierre. Il se souviendrait toute sa vie de cette cérémonie. Soit quinze corps allongés dans la grande cathédrale blanche de Brandes, un magnifique édifice de pierres assemblées et sculptées par la foi des hommes pour monter jusqu'à

Dieu. Ils étaient là, étendus, immobiles, prêts à renaître. Leur allongement était un signe spectaculaire d'humilité. Ces hommes face contre terre formaient comme des allées. C'est par eux que l'humanité devrait passer. Ils seraient le chemin, foulés aux pieds, ce serait leur ordinaire. Ils donneraient tout, leur temps, leur énergie, jusqu'à leur vie.

La veille, il avait encore songé avec émerveillement : « Demain je serai prêtre », et une intuition fulgurante lui était venue à l'esprit : « Moi prêtre ? Non. C'est Lui qui sera prêtre en moi. Je Lui prêterai ma voix, mes mains pour qu'Il parle et agisse par moi. Seigneur, je ne suis pas digne de Te recevoir… »

Il avait célébré sa première messe, étreint par l'émotion plus que par le trac. Cette fois, il ne s'était pas contenté d'écouter d'une oreille habituée les paroles de la Consécration, il les avait prononcées d'une voix rendue blanche par l'exaltation : « Au moment d'entrer librement dans sa Passion… » Par son intermédiaire, ce pain et ce vin familiers, sortis d'un placard de la sacristie, étaient devenus une autre réalité : de la chair et du sang. Il en avait la conviction, comme l'assemblée qui, pieusement, s'avançait vers l'autel pour recevoir la communion, les yeux mi-clos, les mains tendues. Pieusement, ou distraitement : tous ces hommes et ces femmes avaient-ils conscience de ce qui s'opérait devant eux ? Dieu, le créateur de l'univers, se faisait chair ; cet événement aurait dû les écraser, les précipiter face contre terre. Au lieu de cela, la plupart s'en retourneraient machinalement à leur banc, puis rentreraient chez eux pour déjeuner, après un détour par le marché et la boulangerie.

C'est à lui, Georges Tellier, qu'avait été conféré l'incommensurable privilège de redire les paroles du Christ ; des paroles répétées par Pierre, André, Jacques, puis encore par Irénée de Lyon, Augustin d'Hippone, Ignace, François de Sales, par Bossuet, Fénelon et Lacordaire, au total par des millions d'hommes consacrés, toujours avec la même puissance, la même efficacité. Qu'elles fussent proclamées par des Pères de l'Église ou bredouillées par un curé de campagne à peine lettré, dites par des saints ou des prêtres indignes, le mystère s'accomplissait à chaque fois.

Ce jour-là, ce premier jour que suivraient des milliers d'autres, il avait adressé à Dieu une supplique. Il Lui avait demandé ardemment de faire de lui un instrument du salut, par Sa seule présence consacrée. Quels pourraient d'ailleurs être ses paroles, ses gestes ? Il se sentait bien insuffisant, limité par sa pauvre nature, son intelligence trop bornée pour comprendre, son cœur trop lent à aimer. *Force de l'Évangile manifestée dans la faiblesse des témoins,* disait Vatican II. C'était exactement ça.

Ce vœu, il le formula intérieurement – *ab imo pectore,* aurait dit dom Pikkendorff – tout au long de ce premier office. Serait-il exaucé ? Il ne le saurait que plus tard. Là-haut.

En mémoire de cette première messe, et de

l'émotion qu'il avait ressentie, Georges Tellier est toujours immensément heureux de célébrer l'Eucharistie chaque jour. Certains prêtres sont des fondateurs, d'autres des prêcheurs, d'autres des prophètes. Lui, ce qui le comble et le justifie, c'est réunir ses mains autour d'un morceau de pain et l'élever avec lenteur et gravité, instrument de l'indicible. Toute sa vie, il entendrait ses paroissiens discuter sur le parvis, commenter son homélie, sa forme, sa signification, critiquer les chants de la chorale. Que lui importait : retenus par l'apparence, le goût, la mode, ils oubliaient l'essentiel. Une messe est aussi une émanation de l'humanité, ce n'est pas un spectacle, un ballet parfaitement huilé. Les défauts de la célébration sont ceux de celui qui la célèbre et de ceux qui y assistent.

Alors que tant d'hommes sont saisis par l'habitude qui affadit tout, Georges ne se lassait jamais de dire la messe. Certains jours, il rentrait chez lui, accablé par ceux qui exprimaient leur inquiétude sur la situation du monde ou de l'Église, la désertion massive de familles qui quittaient l'Église sitôt la communion des enfants effectuée. Nonobstant les années, Georges était en plénitude à l'autel. Tous les jours, il répétait avec lenteur, et comme au premier jour : *Faites ceci en mémoire de moi*, persuadé que le soin qu'il apportait à prononcer ces mots leur conférait une efficacité plus grande. Par la grâce de Dieu, il disait et cela était.

XVI

BRI, Brigade de recherche et d'intervention. C'est à l'école que Frédéric a découvert l'existence de cette unité. Ses condisciples prononcent son nom d'un air entendu. « Ce sont des cowboys », disent les uns. « Des seigneurs », rétorquent les autres. Frédéric a appris que sa figure légendaire, le commissaire Robert Broussard, était né non loin de chez lui. Il s'était pris de passion pour sa carrière. Il a lu ses mémoires, retrouvant quelques faits divers qui l'avaient fasciné. L'enlèvement du baron Empain, la prise d'otages à l'ambassade d'Irak à Paris par des militants palestiniens qui s'est achevée par la mort d'un inspecteur ; et bien sûr, sommet de la carrière et du prestige de Broussard, l'élimination de Jacques Mesrine, l'ennemi public numéro 1. Il a retrouvé l'histoire romanesque du truand et du grand flic, que la presse, avant la littérature et le cinéma, avait mise en scène, chantée et glorifiée. Mesrine repéré dans une chambre de bonne, cerné par la police, accueille Broussard avec du champagne et un cigare ; la scène faisait un chapitre entier du livre…

C'est peut-être pour vivre ça que Frédéric ambitionnait d'intégrer les rangs de la BRI. Ce qui est certain, c'est qu'il écrivit à Broussard. Avec naïveté, il lui disait qu'un jeune policier l'admirait et n'avait qu'une idée en tête : intégrer un jour l'unité qui lui devait tant. En retour, il reçut une lettre courte et cordiale qu'il garda tel un talisman : M. le préfet Broussard lui souhaitait bonne chance. Il avait son sésame.

Il lui fallut patienter. Il faut cinq ans de service pour intégrer la BRI. « C'est simple : elle s'offre les meilleurs », avait résumé le directeur de l'école.

Le temps libre que son métier lui laissait, Frédéric Nguyen l'a donc consacré à travailler, à préparer les tests afin d'être admis à la brigade. Le dilettante a laissé place à un garçon décidé. Il a affiné sa condition physique, s'est rendu tous les soirs au stand de tir pour s'entraîner. « Les meilleurs », répétait le directeur. Il a été pris et dès qu'une place s'est libérée, un an plus tard, il a enfin réalisé son rêve.

En entrant à la BRI, le lieutenant Nguyen a changé de planète ; il a quitté les alcooliques, les pervers en costume-cravate, la lie de la société française pour gagner ses marges. Avec le grand banditisme et la petite délinquance, les terroristes et les monte-en-l'air, au moins le jeu est clair. Moins de vice, plus de violence. La plupart du temps, les femmes et les enfants sont tenus à l'écart de ces joutes dangereuses.

Sa vie a changé, elle s'est accélérée. Depuis son arrivée à la Brigade, le téléphone sonne incessamment. Comme si tous les crimes et délits de la région convergeaient vers lui.

Audrey ne pose plus de questions. La nuit, il se lève, s'habille sans faire de bruit. Dans un demi-sommeil, elle murmure : « À tout à l'heure, mon amour », et entend la porte de l'appartement qui se referme. Où va-t-il ? Quand rentrera-t-il ? Est-ce qu'il part pour une intervention de routine, une poursuite qui le mènera loin ? Et cette question qui point certains soirs : « Et si Frédéric était blessé, tué cette nuit ? »

Frédéric non plus ne sait rien de ce qui l'attend, mais cette incertitude l'enivre. Il se souvient de sa première intervention ; elle a pour lui une intensité que le temps n'altérera jamais. La poussée d'adrénaline a été telle qu'aucune autre affaire ne parviendra à l'égaler. C'était une affaire de terros. À l'époque, ce mot, on ne l'utilisait pas encore pour les islamistes mais pour les Irlandais, les Corses ou les Basques. Les collègues de Bayonne lui avaient signalé la présence de trois hommes de l'ETA dans la région. À première vue, de simples touristes en voyage, en réalité des criminels impliqués dans l'assassinat de plusieurs policiers de la *Guardia Civil*. Des « beaux mecs », comme on disait, résolus, aguerris, dangereux. Ils étaient arrivés dans un village la veille mais, probablement, ne s'attarderaient pas. Quelques heures. Il fallait faire vite, intervenir dans la nuit. L'idéal eût été de les arrêter au milieu de la nuit, quand l'être humain, fatigué par une journée de route, dort à poings fermés, fût-il le plus redoutable des malfaiteurs. Mais le juge avait ordonné : pas avant 6 heures du matin. La loi l'y autorisait. Nguyen avait tenté de parlementer.

— Mais, monsieur le juge, à 6 heures, ils auront décampé.

— C'est le code, article 56 et suivants. Je n'ai aucun élément me permettant de passer outre.

— Ce sont des criminels…

— Pas pour les autorités françaises.

Que les juges aiment à emmerder les flics, c'était proverbial à la Brigade.

— Laisse tomber, le Noich, avait lâché un collègue. Si on y va trop tôt, il est capable de les faire relâcher.

— Mais leurs armes, leur équipement, ça se verra que c'est pas des touristes…

— Les juges ne sont pas faits comme nous… On va attendre 6 heures.

Nguyen bouillait.

Frédéric se souvenait de son excitation de la fin de la nuit, il regardait sa montre tous les quarts d'heure, puis toutes les dix minutes, puis toutes les cinq. Enfin, lui et ses collègues s'étaient préparés, avaient empoigné leur matériel, vérifié les armes, enfilé les gilets de combat, les cagoules. À 6 heures sonnantes, ils faisaient irruption devant la maison, en silence. La pose du *door raider*, le vérin permettant de forcer la porte, n'avait pris que quelques instants : « Sept tonnes de pression, ça fait son petit effet, disait son collègue chargé de l'installation de l'appareil. De toute façon, si ce n'est pas la porte qui cède, c'est le mur. »

Les Basques, surpris dans leur sommeil, n'avaient opposé aucune résistance. Comme l'avait imaginé Frédéric, le contenu de leurs sacs ouverts dans les chambres ne laissait aucun doute sur leurs projets et leur détermination. Dans l'après-midi, le collègue de Bayonne avait rappelé, pour les féliciter.

— Au fait, on avait oublié de te préciser : avec les Basques, il faut toujours crier : « Police française ! » Ils ne tirent que sur les Espagnols.

— C'est maintenant que tu le dis…

Frédéric a retenu la leçon : le hasard, la chance comme la poisse, fait partie du métier. C'est pour ça qu'il faut s'entraîner et s'entraîner encore : afin de faire baisser le taux d'imprévu.

Depuis qu'il est à la Brigade, sa vie se résume presque tout entière à l'étage de l'hôtel de police auquel on accède avec un badge. C'est devenu sa deuxième maison.

— Sa première, oui !

Audrey le raille. Pas méchamment, c'est sa façon de le ramener à la réalité. Elle accepte les contraintes de son métier, ses absences. Mais quand il est à la maison, elle voudrait qu'il y soit vraiment. Or souvent, Frédéric semble lointain, détaché.

— Sais-tu où est la crèche de ton enfant ?

L'honnêteté oblige à admettre qu'il n'est jamais allé le chercher. Il a constamment la tête à l'hôtel de police. Il passe le plus clair de son temps dans ce bâtiment de béton et de verre, veillant à tout, la préparation du matériel, l'entraînement de son équipe. Pour le quidam de passage, les lieux pourraient ressembler à un capharnaüm. Un entrepôt où le matériel de varappe voisine avec celui du maître-chien, dans des armoires remplies à ras bord. Et au mur, sur des affiches fixées aux portes des armoires métalliques, cet humour vigoureux que l'on retrouve dans l'armée ou dans un vestiaire de rugby ; le monde des hommes. Les gars y vivent, apparemment décontractés, réunis autour d'un café dans la cuisine du service, s'interpellant en se lançant des plaisanteries. Un quart d'heure plus tard, équipés, ils peuvent se jeter dans leurs voitures pour une filature, une « filoche », ou à la poursuite d'un « *go fast* » chargé de drogue ou de marchandise de contrebande. L'autoroute vers l'Espagne est toute proche.

Chaque jour apporte son lot d'événements imprévisibles à la BRI. Quelle mouche a piqué cet homme qui jetait les meubles de son appartement depuis le cinquième étage, en brandissant une arme de poing, campé sur son balcon : il a fallu plusieurs heures pour raisonner ce déséquilibré avant de le remettre aux pompiers qui l'ont conduit à l'hôpital psychiatrique. Diagnostic : plus fou que dangereux. Mais ça, c'est toujours facile à dire après. Frédéric n'avait qu'une idée en tête : sécuriser la crèche, au rez-de-chaussée de l'immeuble. Ses collègues de la sécurité publique avaient confiné les enfants à l'intérieur. Des enfants à peine plus âgés que le sien. Ils ne se doutaient de rien. Peut-être les plus perspicaces avaient-ils observé une agitation un peu inhabituelle dehors… Tout s'est bien fini. « Protéger, servir ». Au fond, Frédéric aime bien cette devise qui n'est ni guerrière ni ronflante mais une promesse concrète.

Frédéric dirige une équipe de sept hommes. Il a appris à jauger les qualités et les travers de chacun, connaît les soucis de l'un, le prénom du petit dernier de l'autre. Avec eux, il aime cette vie sans agenda où l'inattendu dicte sa loi. Ses amis s'en étonnent quand il leur raconte une journée type de flic à la BRI.

— Tu en parles comme d'un grand jeu.

Pour définir son métier, Frédéric Nguyen répond avec un sourire : « Prestataire de services ». Bien vu : la BRI intervient à la demande. Voyous, braqueurs, dealers, terros, Frédéric et ses hommes arpentent le mauvais côté du trottoir. Avec le temps, l'expérience, il a décidé de n'en tirer aucune philosophie définitive, ni sur la nature humaine, ni sur le cours des choses. *Que sera sera.*

Un héros ? Le mot le laisse de marbre, même quand il lit l'admiration dans le regard des autres. Il sait qu'il peut être témoin de situations terribles, mais aussi absurdes, piteuses. Comme la vie. Au début de l'année, il devait être 22 heures, alors qu'il quittait l'hôtel de police, il avait entendu des éclats de voix, inaccoutumés à cette heure tardive. Dans le hall, une femme demandait à porter plainte, pour violences. Elle paraissait très excitée. Des insultes fusaient, des menaces, au point que les policiers de permanence s'étaient résolus à l'enfermer. En cellule de dégrisement : le contrôle avait révélé qu'elle avait un gramme et demi d'alcool dans le sang. La femme avait été mise en examen pour « outrages et menaces de mort réitérées sur personnes dépositaires de l'autorité publique ». La formulation solennelle rapportée à la pauvre scène d'ivrognerie lui avait tiré un sourire.

Quinze ans qu'il faisait ce métier sous le soleil, la pluie et les grands vents. Qu'est-ce qui le faisait avancer ? Pourquoi consentait-il à prendre le risque de mourir sous les balles d'un truand ou d'un terroriste ? Pour son traitement, ses primes et ses indemnités ? Pour ce serment, « Secourir la veuve et l'orphelin » ? Il entendait encore la voix du directeur qui abusait de cette expression usée jusqu'à la corde, faisant enrager les filles de l'école ?

Servir, d'accord, mais servir qui ? La République ? C'est une notion bien imprécise. Un temps, elle a eu pour Frédéric Nguyen les traits de *La Liberté guidant le peuple*, le tableau de Delacroix qui figure dans tous les manuels scolaires. Chevalier servant de cette belle femme insurgée à la poitrine généreuse, ça, ça lui aurait plu ; mais il le savait, la République, la Liberté, comme l'Égalité ou la Démocratie, ce sont des mots pour les éditorialistes et les politiques, qui se grisent à les prononcer. Frédéric ne croit pas à ces abstractions.

Assurer la paix civile pour que tout citoyen puisse aller et venir sans risque, vivre à sa guise, penser, croire, aimer comme il l'entend. Certes, mais au nom de quoi ? De leur commune condition. Une manière de solidarité. Toutes ces notions lui rappelaient sa classe de terminale : l'homme est un loup pour l'homme. Seule la force légale, canalisée, permet de contenir celle que génère toute société – et de protéger les plus faibles. Il se souvenait aussi d'un cours sur Camus et sa « généreuse complicité », inhérente à la nature humaine. C'est elle qui pousse l'homme à aider autrui, et à accepter de mourir pour lui. L'Autre, sa dignité, l'attention qu'on lui porte, c'est peut-être seulement ça qui donne un sens à la mort d'un soldat ou d'un policier.

XVII

Petite Sœur Agnès a saisi la télécommande pour monter le son. Le journal de 13 heures est la seule concession faite à la modernité dans la vie communautaire des religieuses. La femme est jeune, elle porte un hijab vert retenu par une épingle, qui met en valeur l'ovale de son visage et de grands yeux brillants cernés de noir. Interrogée par la journaliste, elle parle avec véhémence. À côté d'elle, deux autres femmes, elles aussi voilées, elles aussi très excitées. Derrière s'étend une grande plage remplie de monde où vont et viennent des hommes et des femmes en tenue balnéaire qui lancent un coup d'œil intrigué ou amusé vers la caméra. Des adolescents font de petits signes en passant dans le champ de la caméra. « C'est sur la Côte d'Azur », se dit Petite Sœur Agnès.

« Le burkini respecte le corps de la femme. C'est sa liberté de le porter. Si elle n'aime pas le burkini, elle peut porter le *jilbeb.*

— C'est obligatoire pour aller à la piscine ? relance la journaliste.

— Oui, l'islam demande à la femme de respecter la 'awra. Ça lui permet d'être libre.

— Libre ? qu'entendez-vous par "libre" ?

— Elle échappe au regard des hommes.

— Comprenez-vous l'émoi suscité par l'association "Les Sisters" ? »

Elle a éteint la télévision. Depuis hier, on ne parle que de ça. Les chaînes d'information continue font le siège d'un immeuble hébergeant cette association d'entraide des femmes musulmanes du Var.

Tout est venu d'une sortie dans un Aqua Park voisin : un lieu privatisé pour une journée de détente, avec piscine à vagues, jeux d'eau, grand huit, toboggans : « un bon après-midi entre nous », disait l'annonce sur le site. Le ton était enjoué de bout en bout : « Réserve vite ta place, y en aura pas pour tout le monde. Demande à maman ou à belle-maman de s'occuper des minots ce jour-là pour pouvoir s'éclater, l'esprit tranquille. » Enfin il était précisé par « Les Sisters » : « Comme il y aura des maîtres-nageurs, prière à toutes de respecter la 'awra : burkini ou maillot une pièce porté avec jilbeb au minimum. »

'Awra, burkini, jilbeb, ces mots avaient enflammé la Toile. « Quel tintamarre pour une pièce de tissu, se dit Petite Sœur Agnès. Une mode qui passera comme les autres. » Mais est-ce une mode ? Ou une prescription ? En tout cas, chacun a son avis. Provocation, offense à la culture française pour les uns, stigmatisation des musulmanes pour les autres. « Est-ce si grave ? s'interroge Agnès. Ces femmes mettent-elles en péril la société française ? Si oui, c'est que celle-ci était devenue bien fragile. »

Elle se souvient de la responsable du noviciat qui répétait, volontiers sentencieuse : « Le bien ne fait pas de bruit, le bruit ne fait pas de bien. »

Tout à l'heure un reportage montrait sur une plage une femme habillée, de l'eau jusqu'aux genoux, côtoyant des baigneurs : voile d'un côté, boxer short et bikini de l'autre. « Évidemment, entre eux, il y a un monde. »

Si les médias n'en parlaient pas, si la police n'intervenait pas, que se passerait-il ? La cohabitation des tenues serait-elle possible ? Des altercations éclateraient-elles sur la plage ? Ça s'est déjà vu. Comment en est-on arrivé là ?

Un vieux souvenir revient à sa mémoire. Elle peut le dater facilement, il remonte à son dernier été d'étudiante ; le mois suivant, elle rentrait chez les Petites Sœurs de Jésus. L'automne s'annonçait, les feuilles séchaient, pâlissaient comme la lumière. Mais la saison était encore magnifique. Après 68, la mode avait fleuri pour les femmes d'ôter leur haut de maillot de bain. Cette audace nouvelle nourrissait les conversations. Indécence, esthétique, coups de soleil, flétrissement, chacun avait son commentaire à la vue de ces femmes qui offraient leurs seins nus au regard de tous. Un arrêté placardé à l'entrée de la plage recommandait une tenue décente. De braves agents de police avaient été chargés par leur hiérarchie de demander à un groupe de femmes de se rhabiller. Ils avaient fait irruption sur la plage sous le regard goguenard des baigneurs. Un des fonctionnaires s'était entendu répondre par une naïade qui désignait un homme adipeux, sur une serviette voisine : « Et lui, vous ne lui demandez pas de mettre une chemise ? Il a plus de poitrine que moi. » C'était vrai. Tout le monde avait ri.

Quand Agnès avait raconté la scène le soir à table, ses frères avaient pouffé, mais M. Mauconduit avait clos le récit d'un mot sec : « *non decet* ». Agnès avait haussé les épaules. Sa génération aspirait à la liberté. Celle-ci autorisait toutes les initiatives, toutes les libérations.

Ah, l'achat de son premier bikini ! Quand elle était rentrée chez elle, avec un deux-pièces à pois, celui-là même que les jeunes actrices avaient mis à la mode, sa mère s'était exclamée :

— Tu crois que c'est convenable ?

— Mais, maman, tout le monde porte ça aujourd'hui…

Agnès avait aimé sa jeunesse, indissociable d'un mouvement qui paraissait irrépressible. Liberté de s'habiller, liberté d'aimer, liberté de voyager… les principes, les limites, les frontières qui avaient régi le monde de ses aînés semblaient disparaître. Cette vogue allait assez bien avec son tempérament joyeux et insouciant. Elle passait de longues heures sur sa serviette, à lire en maillot ; elle aimait sentir le soleil sur sa peau, et le vent chaud de l'été. Ses longs cheveux s'éclaircissaient et elle les aimait ainsi. Elle voyait bien qu'elle attirait le regard des garçons sur elle.

Les économistes nommèrent « les Trente Glorieuses » cette époque où la société changeait, pour ainsi dire à l'œil nu. À chacun de ses retours, environ tous les trois ans, Petite Sœur Agnès le constatait, chaque Français possédait désormais une automobile, et partait en vacances. Quand elle rejoignait sa famille qui possédait une maison de vacances sur la côte vendéenne, elle découvrait entre Saint-Gilles-Croix-de-Vie et Saint-Jean-de-Monts de vastes campings où des familles s'installaient pour un mois, dans une caravane, ou sous la tente. Dans ces aires, on vivait sans contraintes. Les hommes passaient la journée torse nu, les femmes en maillot et en paréo. Les Mauconduit raillaient ce mode de vie ; les vacances au camping leur semblaient le comble du vulgaire. Comment pouvait-on vivre dans cette promiscuité, entre la radio allumée de l'un, les cris de l'autre qui appelait ses enfants, les exclamations des joueurs de pétanque ? Et si, au contraire, se demandait Agnès, cette existence dépouillée créait une authentique convivialité ? C'était peut-être ça la vie sans entraves, exigée par sa génération.

Puis le Christ était entré dans sa vie, l'avait prise tout entière, sans toutefois lui demander de renoncer au goût du soleil et des bains de mer. L'ordre des Petites Sœurs de Jésus n'avait cependant pas prévu de tenue balnéaire pour ses membres. En vacances, elle adoptait une jupe longue en toile bleue et un polo assorti. Mais elle gardait son voile. Et pour le bain, elle avait opté pour un maillot noir une pièce. Elle entrait rapidement dans l'eau, s'éloignait à brasses vigoureuses, puis longeait la plage, d'une bouée à l'autre, faisait la planche quelques minutes pour se reposer, et repartait. La côte s'étendait devant elle, immense, bondée. Des cris joyeux parvenaient jusqu'à elle. Un jour, son frère lui avait posé la question alors qu'ils nageaient côte à côte.

— Qu'aurait pensé saint Paul de tous ces gens à poil ?

— Pourquoi tu penses à lui ?

— Ses prescriptions sont terribles, notamment pour les femmes à qui il recommande de porter un voile. Tu te rends compte, s'il revenait…

— Non mais t'es pas bien ?

Elle avait ri, ri, au point de boire la tasse et de s'étrangler. Comment son frère pouvait-il imaginer que les propos vestimentaires d'un tisserand devenu un impétueux prêcheur dans l'Empire romain pouvaient s'imposer à une femme des années quatre-vingt ? Ces baigneuses ne lui paraissaient pas plus délurées que les femmes des premiers siècles. Pourquoi leurs seins et leurs ventres dénudés, leur chevelure, les auraient vouées aux gémonies ? Le temps des sévères admonestations aux Corinthiens était passé.

— Ces gens ont l'air sereins, reposés ; l'eau de mer, le bon air leur font du bien. Regarde comme tes enfants sont beaux, hâlés. Ils ont l'air en pleine forme ! Dieu ne veut que le bonheur de l'homme.

— On attendrait d'une religieuse qu'elle soit du côté de la décence, non ?

— Ta religieuse, elle essaie de s'occuper des âmes, de les conduire à Dieu. C'est déjà assez difficile…

Aujourd'hui, le mot totem, ce n'est plus liberté, c'est respect. Tout le monde a à la bouche le respect, pour se justifier, tout le monde le brandit, pour défendre son mode de vie, ses convictions. Il a été prononcé maintes fois dans cette histoire de… comment ils appellent ça, déjà ?… de burkini. Oui c'est ça. Burqa, bikini, elle devrait s'en souvenir. Lamia, Zayane, Djemila portent-elles des burkinis ? Agnès ne les croise qu'à la Protection maternelle infantile, jamais chez elles ou à la plage. Elle ne s'est jamais posé la question de leur tenue de bord de mer. Sont-elles vêtues comme ces grands-mères qu'on voit l'été, assises sur le sable, entièrement habillées, surveillant leur progéniture, sans pouvoir se baigner au-delà des mollets ? À leurs maris et à leurs fils est réservé le privilège de se baigner jambes et torse nus. Pourtant elles sont jeunes, elles ont l'âge et sûrement le goût des longues baignades, des jeux dans l'eau et aussi celui des siestes au soleil, sur une serviette de bain. Pourquoi ces plaisirs-là leur seraient-ils refusés ? De quel respect parle-t-on ?

Après des décennies de libération des corps et

des mœurs, le vêtement tient sa revanche. Il revient, et par la religion, encore. Petite Sœur Agnès n'en revient pas. Qui l'aurait parié il y a trente ans ?

L'islam vient bousculer une société où le christianisme a peu à peu cessé de régner sur les comportements et les consciences. Prend-il le relais ? Ou vient-il défier des siècles durant lesquels l'esprit occidental a progressivement desserré le corset d'une mentalité héritée du jansénisme et se méfiant de la chair ?

« Le corps n'est pas la prison de l'âme, il en est le tabernacle. » Agnès a appris ça au noviciat.

XVIII

Laure observe David. Il est étrange depuis quelque temps. C'est presque imperceptible… Et pourtant, il y a des signes qui n'échappent pas à une mère.

Elle a inspecté sa chambre discrètement, en son absence. Pas de bouteille vide, pas d'odeur d'herbe. Elle a feuilleté ses cahiers, à la recherche d'un indice… Les posters sur le mur n'ont pas changé, ces joueurs de rugby dont elle juge les tatouages vulgaires. Des dragons, des tigres. Une horreur. Ça a longtemps été sa hantise : « Pourvu que Doudou ne se mette pas dans l'idée de s'en faire dessiner un. »

Elle a appris que son histoire avec cette Joëlle Hermann est terminée. Elle en a d'abord été soulagée. David avec une femme de l'âge de sa mère…, elle refusait les images qui lui venaient à l'esprit… Son Doudou… Maintenant une autre inquiétude se profile.

Car son instinct maternel lui souffle que cette rupture n'est pas la seule explication du changement observé chez lui. Que lui arrive-t-il ? Elle ne saurait le dire. Le fait est qu'il est moins soigné, il délaisse les marques d'élégance auxquelles il attachait tant d'importance. Pour Joëlle, au contraire, il avait redoublé de coquetterie, au moins au début. Maintenant, il laisse pousser sa chevelure, ne se rase pas tous les jours. Laure n'aime pas ça. Quand il se néglige, il ressemble à... elle n'ose pas prononcer le mot... oui, il ressemble à un Maghrébin.

David a trouvé sur YouTube un programme qui explique comment prier. Il existe des sites pour tout, réparer un mécanisme de chasse d'eau, commander des chaussures, louer une voiture. « Cinquante questions sur la religion musulmane », « La croyance du musulman », « Haram/Halal », ces sites permettent de s'instruire et de discuter avec des croyants. C'est simple et bien fait : un tutoriel pédagogique aide à mémoriser les paroles et les positions du croyant.

Il s'entraîne chaque jour. Mais ce n'est pas facile, une fois à la mosquée, de refaire les gestes, de redire les mots sans l'aide du tuto. Il les écorche, n'arrive pas à suivre le reste de l'assemblée qui récite avec naturel, s'agenouille, se relève. Il tend les bras, s'incline, joint les bras sur son ventre, passe ses mains sur son visage avec douceur, s'agenouille. Il oublie des positions, saute des phrases. Allah comprendra, du moins il l'espère.

Pour être musulman, faut-il nécessairement parler l'arabe ? Il commence à le croire, mais alors pourquoi Allah ne l'a-t-il pas fait grandir avec Salima ? Pourquoi est-il un déraciné ?

Au début de l'été, le vieil Hassan a souhaité à David « Ramadan Mubarak ». Devant son air étonné, il lui a expliqué que c'était une tradition quand commençait le mois de jeûne, de prière et d'aumône.

— À ceux que tu aimes, tu souhaites « Ramadan Mubarak » : que Dieu bénisse ton ramadan. Tu sais ce que c'est que le ramadan ?

David le sait, bien sûr : c'est « le carême des musulmans », comme on dit chez lui. Cette pratique lui a toujours paru incroyable, et pour tout dire inhumaine. Il serait incapable de se priver. Il a faim, il mange...

— Tu restes pour l'iftar, David ?

La nuit vient de tomber. Dans une salle attenante à la mosquée, a été dressé un buffet préparé par les femmes de la communauté, dans une ambiance joyeuse, au milieu des cris et des exclamations. Rien n'est trop bon après une journée de privation.

Sitôt la prière achevée, tout le monde s'y retrouve, pour le repas. Les gens s'interpellent. Fini le temps de la privation et du recueillement. Le menu est constitué d'une soupe, suivie de beignets, de taboulé, de salades, de dattes. Des femmes lui proposent un jus d'orange, lui tendent un plateau de fruits. David a déjeuné, mais il n'ose pas l'avouer. Il admire ces gens qui, sans une plainte, n'ont rien avalé depuis… combien ?… depuis quinze ou seize heures. Leur dernier repas remonte aux premières lueurs du matin, à 4 heures.

Il rejoint un groupe d'hommes qui devisent joyeusement, il les écoute, reprend du jus d'orange et des biscuits. Aucun ne semble affecté par le régime draconien que la religion leur impose. David n'en revient pas, ils suivent ces prescriptions, alors qu'autour d'eux la société d'abondance les incite à vivre autrement. Pendant ce mois de jeûne, la publicité, la télévision, Internet, tout pousse à la consommation, à l'assouvissement de ses envies, de ses désirs, de ses caprices même. D'où vient leur force, est-ce la foi qui la leur confère ?

C'est au cours de ces jours de prières, au milieu des croyants que David a pris sa résolution. Au fond de lui, il a décidé de redevenir l'enfant de Salima. Il a vécu pendant plusieurs semaines avec ce secret, qui le remplissait de joie. Il lui semblait qu'il était enfin unifié. Il lui fallut s'en ouvrir à Laure et François.

Un dimanche, pendant le déjeuner, David s'était lancé, la voix blanche. François avait rapporté de la pâtisserie un fraisier qu'ils dégustaient en silence. La journée était ensoleillée, et par la fenêtre ouverte des rayons éclairaient la table.

— J'ai une chose importante à vous dire.

Laure avait tressailli. Elle ignorait ce que David

allait leur annoncer mais elle le pressentait, c'était l'heure de vérité.

— À partir de maintenant, je veux que vous m'appeliez Daoud.

— Mais qu'est-ce qui te prend?

François avait bondi. Laure s'était mise à pleurer.

— Tu n'es pas heureux avec nous ? On t'a tout donné, notre maison, notre nom, ça ne compte pas pour toi ?

— Ce n'est pas le sujet.

— C'est quoi le sujet ?

— Mon histoire. Depuis ma naissance, je m'appelle Daoud.

— Et nous, on n'est pas dans ton histoire peut-être ?

— Si, bien sûr : je suis Daoud, chez les Berteau.

Laure a posé la main sur le bras de François au moment où celui-ci allait se lever dans un élan de violence. À quoi bon ? Leur fils semblait guidé par une détermination qu'elle ne lui avait jamais vue. Et puis David, Daoud, quelle importance. Cela ne l'empêche pas de l'aimer, songeait-elle.

Laure continue de l'appeler Doudou, comme si de rien n'était : « Tu as bien pris tes clés, mon Doudou ? » « À quelle heure tu rentres, mon Doudou ? »

Daoud supporte de plus en plus mal la vie que ses parents mènent. Elle lui paraît tellement morne, fade. Conforme. Et puis balisée, sous contrôle... Il mesure le contraste avec ce qu'il découvre grâce à ses amis musulmans. Chez les

Berteau, tout est aux normes, prévu, anticipé. Le quotidien ressemble à un long contrat d'assurance tous risques qui évite de se poser des questions sur le bien-fondé de l'existence. Garantie annulation, ceinture de sécurité, est-ce que ça rend heureux ?

Il se souvenait de sa discussion avec son père à propos de Joëlle. Il avait longtemps ruminé la scène. François ne lui avait pas demandé s'il l'aimait, quels projets ils avaient ensemble. Non, il lui avait d'emblée parlé hygiène, sécurité, c'est-à-dire préservatif. Daoud se disait : « L'amour, c'est ça pour eux : un morceau de caoutchouc ? Des précautions à prendre, un risque à limiter ? L'amour, ça consiste à se protéger de l'autre, hein. »

Il ne leur en veut même pas mais il n'aspire plus qu'à fuir ce cocon tiède et stérile. Maintenant il a envie d'absolu, de don total, quitte à se mettre en danger, à partir dans des dérapages non contrôlés. Il veut mettre un peu de dynamite dans la vie raisonnable que la France du début du XXIe siècle lui a préparée, avec le consentement bienveillant de François et Laure. Il les entend déjà :

« Tu veux voyager ? Faire de l'humanitaire ?

— Il ne faudra pas oublier de s'inscrire sur Ariane, le site du Quai d'Orsay pour être informé de tous les risques des pays visités. Et puis souscrire un contrat chez Europ Assistance. On ne sait jamais.

— Ce n'est pas ça ? Qu'est-ce que tu veux ?

— Dis-nous, tu nous connais, mon Doudou, on est très tolérants… »

Daoud les regarde : c'est vrai, les Berteau tolèrent tout. Les transsexuels, la scientologie, les vegans. Ils vivent avec leur temps.

« Pourquoi pas, si ça aide les gens à être épanouis.

— C'est leur choix. »

Un soir, ils regardaient le journal télévisé qui évoquait ce que le présentateur appelait désormais « l'affaire du burkini » : la journée organisée par « Les Sisters » n'en finissait pas d'échauffer les esprits. « Où est le problème ? » se demandait Daoud en maugréant.

Il a voulu chercher dans le Coran offert par Hocine ce qui était dit à ce sujet. Sur son portable, il avait tapé « femme », « islam », « sourate ». Aussitôt plusieurs phrases s'étaient affichées : *Dis aux croyantes de baisser leurs regards, de garder leur chasteté, et de ne montrer de leurs atours que ce qui en paraît et qu'elles rabattent leur voile sur leur poitrine.*

— Le burkini, c'est plus correct que tous ces porcs à poil qu'on voit à la plage, hein, m'man…

— Mais la liberté, quand même…, protesta Laure qui aimait porter un deux-pièces.

Un élu de la région PACA parlait de laïcité, et de « coup de canif dans le modèle républicain », l'expression revenait plusieurs fois dans sa bouche. Il menaçait de faire interdire l'événement pour « troubles à l'ordre public » par un arrêté municipal. Son opposant lui répondait en brandissant la liberté de s'habiller et pointait avec gravité « le risque de stigmatisation ». Le président des musulmans de la région dénonça l'humiliation ressentie par les femmes à qui des policiers demandaient de se dévêtir devant tout le monde. Un sociologue des comportements qualifia le burkini d'« objet balnéaire non identifié » et sa présence récente sur les plages françaises de « phénomène disruptif dans un espace codifié ». Le gérant du centre aquatique, lui, se réfugiait derrière le caractère privé de l'initiative prise par « Les Sisters ». Il avait loué son parc, un point c'est tout. Que les baigneurs soient exclusivement des femmes, qu'elles viennent en burkini, ça regardait l'asso, pas lui.

François écumait :

— On est chez les fous… Non mais écoute-les ! il n'y en a pas un qui tient des propos sensés.

— C'est trop facile. Burkini *versus* bikini. Ça permet de faire des punchlines faciles sur l'islam qui traiterait mal les femmes.

— Reconnais que c'est toujours les mêmes qui foutent le souk.

— Ta gueule !

Daoud avait quitté le salon en claquant la porte. Il était monté dans sa chambre.

L'époque accepte toutes les transgressions. Toutes, sauf celles de l'islam. Sa singularité, son exigence, ses normes vestimentaires, alimentaires, dérangeaient une société de petits bourges conventionnels. Daoud voyait clair maintenant. L'islam, c'était ça la vraie révolte. Pas les petites provocations convenues que tout le monde acceptait d'un œil humide et complaisant. L'islam était un idéal à sa mesure. Il était une réponse au monde moderne et à sa médiocrité. Il soustrayait les hommes et les femmes à son emprise, c'est pour ça qu'il était tant détesté, tant combattu.

Depuis qu'il a repris son prénom, Daoud se sent enfin lui-même. Il chatte sous le pseudo de DaouD96 et passe ses soirées dans sa chambre, connecté sur des sites communautaires pour se familiariser avec la religion et la culture musulmanes. Il a adopté le vocabulaire, les expressions de ses interlocuteurs ; les appelle *khouya* – « frère » – et s'exclame parfois : « *Hamdulillah !* » et : « Sur le Coran ! » Sur la plateforme *ask.fm*, il pose régulièrement des questions, mais les réponses ne le satisfont pas. Il préfère celles d'Hocine qu'il admire de plus en plus pour son intelligence et sa détermination. Il a parlé à l'imam 2.0 de son envie de se former et de s'engager :

— Sur Internet ? Tu ne trouveras rien de sérieux sur Google, khouya. Ceux qui parlent sur ces sites sont des bouffons. Tu connais Tor ? C'est un autre moteur de recherche. Ça te permet d'accéder au *deep web*…

— Chelou…

— Au moins tu as accès à des sites, à des contenus ou à des services bloqués dans certaines zones du monde.

— Je voudrais pas que les keufs débarquent chez moi…

— Sur Tor, c'est très difficile de te faire choper. Crois-moi, c'est la vraie liberté.

Hocine a dit vrai, installer Tor est extrêmement simple : Daoud l'a fait facilement.

Des scrupules l'envahissent : et si la police repérait quand même ceux qui se connectent ? Il imagine déjà une patrouille débarquant chez lui… La tête de ses parents… Il hésite…

Rompre avec l'univers des Berteau. Google en fait partie : tout le monde utilise ce moteur, c'est un vecteur de la pensée tiède qu'il vomit. Il faut franchir le pas. Daoud s'est connecté. Il a l'impression d'entrer dans un univers à la fois mystérieux et un peu inquiétant. Il est pris d'un frisson. Il quitte le monde connu, le *mainstream*, pour emprunter des voies plus sauvages et plus exaltantes. Il s'affranchit de la grande surveillance mondiale pour entrer en clandestinité.

— Les meilleures formations, c'est Dawla qui les donne, a dit Hocine.

— Dawla ?

— Ben oui, Daech.

Daoud a sursauté.

— Ne crois pas tout ce qu'on dit à la télé, frère… Daech, c'est pas que des soldats, c'est aussi des imams, des médecins, des informaticiens…

Un grand vide l'a saisi.

XIX

Georges desservait une paroisse à vingt-cinq kilomètres de Brandes, dans une ville qui hébergeait un important dépôt ferroviaire, et donc dotée d'une forte population de cheminots. Cela en faisait un solide bastion communiste. Le maire de la ville, lui-même ancien conducteur de locomotive, aimait bien le père Tellier. C'était un homme trapu, jovial, à la poignée de main facile, qui tutoyait la moitié de ses concitoyens, donnait des bourrades aux hommes, embrassait les femmes et les enfants avec des baisers sonores. Il avait connu la Résistance et la déportation, et dirigeait la ville depuis vingt-cinq ans sous les couleurs du Parti. Il aimait l'armée comme un vieux soldat et ne manquait jamais une cérémonie au monument aux morts. C'est par un matin gris de 11 novembre, entre les drapeaux tricolores, que Georges avait fait sa connaissance.

— Il faudra que vous veniez manger à la maison, Padre.

Padre : c'est ainsi que l'aumônier militaire se faisait appeler en Algérie. Georges avait aimé ce mot à la fois doux et respectueux. Aux paroissiens qui lui avaient demandé comment ils devaient l'appeler : mon père ? Monsieur l'abbé ? Il avait répondu Padre.

Une fois par an, donc, il déjeunait chez le maire. Sa femme était là. Tous deux l'avaient pris en affection. Immanquablement, ils lui parlaient de leurs années de scoutisme et de leur « communion privée ». Cette seule expression trahissait leur âge : dans l'Église, on ne l'utilisait plus depuis des années.

— Ma mère était très pieuse. J'ai été élevé là-dedans. Mais c'est à Buchenwald que j'ai rencontré les communistes. J'avais vingt ans. Ils vivaient avec une rectitude, une exigence morale que je n'avais jamais rencontrées chez les chrétiens.

— Vous savez, renchérissait sa femme, je connais encore par cœur le *Veni Creator*…

— Rassurez-vous, répondait Georges en riant, je ne suis pas venu faire un contrôle de connaissances.

La femme du maire aimait cuisiner et recevoir ; elle y mettait sa fierté : la table était soigneusement dressée, décorée d'un joli milieu de table ; des couverts en argent pour chaque plat, trois verres, le menu était roboratif, et arrosé comme il se doit. Il entrait dans cet art de bien recevoir une sorte d'orgueil. Georges appréciait, en gourmet : un tel repas le changeait de son ordinaire de célibataire pressé.

Il écoutait le maire lui parler de la ville et de politique. Aux dernières élections, le scrutin n'avait pas été bon pour son parti. Les grands scores des communistes de l'après-guerre semblaient appartenir à l'Histoire. Si la ville votait encore pour lui, c'était moins pour son étiquette que pour sa personnalité.

— Soyez-en sûr, Padre, communistes, catholiques, aujourd'hui notre problème est le même.

— Que voulez-vous dire, monsieur le maire ?

— Notre section locale diminue à vue d'œil. Pour la présidentielle, avant le grand meeting à Paris, il a fallu battre le rappel dans tout le pays. Ça a à peine suffi. Je n'avais jamais vu ça. Les gens ne veulent plus bouger. Vous vous dites peut-être : « Ses emmerdements – pardon pour le mot, Padre – ça ne me concerne pas. » Mais on est dans la même barque, vous et moi. Votre église se vide, vous avez l'impression de prêcher dans le désert… Les gens préfèrent le jogging du dimanche à la messe, sauf votre respect…

— Ce n'est pas faux, mais il y a quand même une différence entre nous deux.

— Laquelle ?

— Moi, je n'ai pas d'obligation de résultat. Pas de réélection en vue.

— Un point pour vous.

Il avait pris entre ses doigts son verre de vin et l'observait à travers un rai de lumière. Il savourait déjà la perspective de le boire. Sa mine gourmande faisait plaisir à voir. S'il ne croyait pas au ciel, il croyait à la Création, à sa beauté et à ses richesses, tandis que Georges rendait grâce en silence : « Louange au Créateur ! »

— Est-ce que le Parti survivra au XXIe siècle ? Et l'Église catholique, Padre ?

— Elle en a vu d'autres depuis deux mille ans.

— Vous savez quoi, tout ça c'est la faute à la télévision. Et à la publicité. Vous ne me croyez pas ? Ces conneries, ça fait des gens qui… Ça les transforme.

— Vous exagérez…

— Ce ne sont plus des citoyens, ou des paroissiens que nous avons autour de nous, mais des consommateurs. Vous êtes allé dans la zone commerciale, le samedi matin ? C'est leur réunion hebdomadaire, leur grand-messe. « Ceci est ma lessive, elle est moins chère et lave plus blanc… » Pardon, je ne veux pas vous manquer de respect mais c'est ça quand même…

Georges Tellier avait souri.

— Vous avez peut-être raison mais je vous le répète, moi je ne vends rien : ni des promesses ni de la lessive. Je ne suis pas payé au chiffre. Simplement je connais une source. Celui qui a soif, qu'il vienne, j'ai les clés et je peux donner de l'eau à qui veut. C'est ça qui me désole : le salut, c'est « entrée libre » ; pourquoi s'en priver ?

Le maire avait rempli à nouveau son verre, et l'avait approché de son nez, pour en respirer l'arôme.

— Vous les nourrissez dans la perspective de l'au-delà. Moi je m'occupe d'eux ici-bas ; je leur trouve un emploi, un logement, une aide sociale, une place en crèche. Chacun son rôle, monsieur le curé. Mais l'époque change drôlement, et pas en bien…

Quel brave type… Rentré chez lui, le père Tellier réfléchissait aux paroles de l'édile. Cet homme était entier mais il ne manquait pas de bon sens. Et lui, que recherchait-il ? Des paroissiens ? Des militants ? Des fidèles ? C'était le mot usuel de la phraséologie ecclésiale, un mot magnifique mais qui avait ses limites. Fidèles à quoi ? À la messe, à la confession, au denier du culte, seulement ? Une seule chose lui importait, qu'ils le fussent au Christ.

Grande assemblée hétéroclite, petit troupeau fervent ? La politique des « effectifs » ne l'intéressait pas. Sa pastorale tenait en une phrase, toujours la même depuis le premier jour : *Seigneur, donnez-moi la grâce de faire de ceux que j'aime, de ceux que je côtoie, de ceux que je croise, des saints.*

L'état de sainteté passait-il par la pratique religieuse, et seulement par celle-ci ? Un comportement exemplaire, modeste, généreux, était-il l'apanage de l'Église catholique ? Il se souvenait de sa lecture de *La Peste* ; toujours Camus. Celui-ci avait imaginé un face-à-face entre deux personnages, comment s'appelaient-ils, Rieux ? Rioux ? il y avait aussi Tarrou. Un médecin, un prêtre : deux fonctions pas si éloignées mais devenues rivales. Il gardait en mémoire cette phrase du roman : « Peut-on être un saint sans Dieu, c'est le seul problème concret que je connaisse aujourd'hui. »

Le monde moderne était peut-être en train de régler le problème posé par Camus. Des associations s'occupaient des mal-logés, des migrants, des malades, des « damnés », aurait dit le philosophe ; elles œuvraient, sans avoir recours à une explication spirituelle de leur altruisme. Plus de charité, de serviteur, de salut des âmes, mais l'intuition, simple et forte, que la commune condition humaine requiert une solidarité. Ces hommes engagés emplissaient Georges d'admiration. Les chrétiens au service des autres étaient tout autant dignes d'estime, évidemment ; mais, comment dire ? Ils savaient pourquoi ils agissaient : *Tout ce que vous faites au plus petit d'entre les miens c'est à moi que vous le faites.* Les autres étaient chrétiens sans le Christ. L'esprit de l'Évangile les avait éclaboussés sans qu'ils s'en aperçussent.

Dieu y reconnaîtrait les siens. Cette conclusion ponctuait souvent ses interrogations. Face à l'inexplicable de l'existence, au mystère, lui, Georges Tellier, modeste prêtre du Christ, pouvait-il trancher ? Distribuer les bons et les mauvais points ? Il laissait les grandes questions du bien et du mal, et surtout de la conscience de faire le bien et le mal, aux théologiens. Lui était un pasteur, vivant dans une ville moyenne de France dans les dernières années du XXe siècle. Oui, Dieu reconnaîtrait les siens.

Georges était dans son église, devant le saint sacrement. Une hostie glissée dans un magnifique ostensoir, dont sa foi lui disait qu'elle était le corps de son Dieu. Il aimait se tenir là, dans le silence, rendu à lui-même, après une journée de rendez-vous, d'allées et venues entre les salles paroissiales et l'église ; un rayon de soleil oblique baignait l'autel, illuminant la Présence réelle ; les yeux mi-clos, il se reposait davantage qu'en faisant la sieste. Sa prière commençait rituellement ainsi : « Me voici, Seigneur. »

Ensuite venaient ses intentions pour sa paroisse, pour la ville et pour le monde. Elles étaient traversées de réflexions qui l'assaillaient. Pourquoi l'indifférence gagnait-elle la société ? Et pourquoi le désir de Dieu semblait-il affadi dans le cœur de ses contemporains ? Georges n'avait jamais oublié le vœu de son ordination. Que tout le monde tombât proprement amoureux de Dieu. Son voisin qui lui disait bonjour tous les jours. Le buraliste où il allait acheter son tabac de pipe et qui lui lançait à chaque fois en riant : « Et voilà ! pour que M. le curé fasse un tabac. »

Était-il si indifférent à la désaffection dominicale et à la sécularisation ? Pour être franc, non. Grégory avait été enfant de chœur à la paroisse, un visage d'ange et une voix douce. Un garçon présent à la messe depuis ses huit ans. Un jour, Grégory avait commencé à s'absenter. Il faut dire que l'écolier était devenu adolescent. Il avait quatorze ans, sa voix changeait, son visage s'était couvert de rougeurs, sa lèvre supérieure de poils disgracieux. À la foi docile et insouciante le disputait désormais en lui l'appel impérieux de la liberté, celle de croire ou non, celle de pratiquer ou non. De cette période tumultueuse sortirait, espérait Georges, une belle figure de chrétien ; sinon quoi ? Un tiède. À cette perspective qui le décevait déjà, il se cabrait. Puis il se raisonnait.

« Allons, ne sois pas trop sévère avec ce gosse. Souviens-toi de ta propre adolescence. »

Justement, il voulait épargner à Grégory ses affres. Sa misère. Et ce gamin attachant, méticuleux dans le service de l'autel, lui manquait. Parce qu'il l'émouvait par sa jeune piété.

Un jour, Georges l'avait aperçu dans la rue, avait traversé et foncé sur lui.

— Je ne te vois plus à l'église…

Grégory avait baissé les yeux.

— Plus le temps, Padre. Y a… Y a le rugby à cette heure-là.

— Alors viens le samedi soir !

— C'est l'heure de l'entraînement avec les copains de l'équipe… Cette année, on est en coupe départementale…

— Et Jésus, ce n'est plus ton ami ?

Sourire embarrassé.

— C'est pas pareil…

— Tu es sûr ?

Il n'était pas revenu. Le troupeau continuait de s'amenuiser inexorablement, même si les Français requéraient encore la présence de l'Église lors des grands événements de leur existence. Pour un mariage, des obsèques, l'église était pleine ; les parents, les voisins se pressaient, exigeant la présence d'un prêtre. Que Georges déléguât un laïc pour une bénédiction, on lui reprochait son absence. Il maugréait…

« Les gens sont incroyables ! Personne ne pratique plus, on se désintéresse de l'Église, de son message, on la critique, mais on compte sur elle : il faut un prêtre. »

Le mariage, les obsèques ne ramenaient pas les participants à une pratique plus régulière. Le lendemain de la cérémonie, l'église retrouvait son aspect ordinaire, comme une salle de spectacle après le concert. Livres rangés, micros éteints, allées balayées. Un bâtiment vide et propre, était-ce ça l'*ecclesia* voulue par les premiers chrétiens ?

L'époque est curieuse, pensait le père Tellier : on ne tient plus compte de ce que l'Église dit, chacun vit à sa guise, mais qu'elle prenne la parole sur le divorce, l'homosexualité, la fin de vie, aussitôt elle dérange. Elle est un caillou dans la chaussure de nos contemporains. Plus ils désertent, plus ils se heurtent à elle ; son discours plein de mesure les rend furieux : elle les empêche de forniquer, d'abréger une vie, sans se poser de questions sur ce que ces gestes signifient.

Ils la détestent mais ils ne peuvent pas se passer d'elle.

Cette contradiction, il l'a déjà observée à ses dépens. Récemment, il a été pris à partie, dans la rue. La croix qu'il porte autour du cou le désigne comme une cible de la vindicte, née

– pense-t-il – de la souffrance de ses contemporains. Passé le moment d'énervement, la blessure d'amour-propre, l'envie de répondre, et même de répondre vertement, Georges a décidé de consentir. Son Maître est allé jusqu'à la croix. Alors, les railleries, les quolibets… Le disciple n'égalera jamais le maître.

Au fond, ses contempteurs lui apparaissent comme des adolescents reprochant à leurs parents leurs défauts, passant sur eux leur mal-être et les incertitudes de leur existence. Ceux-ci continuent pourtant de les aimer, si ingrats soient-ils. Alors Georges fait de son mieux pour les aimer, eux et cette époque vulgaire, futile. Ce sont eux que Dieu lui a confiés. Il a reçu mission de les conduire jusqu'à Lui.

XX

Sur cette affaire, la BRI avait passé plusieurs mois. Surveillance intense, écoutes, il s'agissait d'être efficace : une bande d'une quinzaine de malfaiteurs préparait l'agression d'un célèbre bijoutier de la région. Leur chef s'appelait Saïd Elaya, un caïd de la banlieue sud. Lui et ses hommes avaient déjà sévi en Île-de-France. Leur méthode était simple et tenait en un mot : le saucissonnage. Après avoir repéré leur victime, toujours fortunée et en vue, noté ses habitudes, ils se rendaient à son domicile, cagoulés ou grimés, la ligotaient, la séquestraient, et sous la menace lui extorquaient ses richesses, numéros de compte, cartes bancaires, bijoux personnels. La séance pouvait durer quelques minutes ou plusieurs heures. Des noms illustres, familiers des palaces parisiens ou des pages people des magazines avaient déjà fait les frais de cette bande. Depuis quelques mois, les collègues de Paris leur avaient signalé qu'elle arrivait dans la région. Pour se mettre au vert, se faire oublier ? Il n'avait pas fallu plus de quelques jours pour vérifier que les voyous n'entendaient pas rester inactifs.

Les policiers avaient vite su à qui ils s'intéressaient : un bijoutier qui possédait plusieurs magasins à Paris, à Lyon et un à Brandes, ville d'où il était originaire. Ce créateur tenait son succès d'une intuition : démocratiser les bijoux de nacre et de diamant, en les rendant accessibles à toutes les bourses.

— Toutes ? avait demandé Frédéric, après la présentation qu'avait faite son chef.

— Il te faudra quelques primes pour en offrir à Audrey, mais si tu travailles bien, ça devrait le faire.

Un passage devant la grande bijouterie de la ville l'avait renseigné : la première bague était à mille euros. Quand même. Mais il paraît qu'à ce prix, les femmes ne s'interdisaient pas de rêver à des bijoux que le créateur avait baptisés comme des parfums, « Pour toi », « Clair de femme »…

À l'évidence quelque chose se préparait : le bijoutier, son épouse et leur fille étaient suivis, de leur domicile à leurs magasins. Frédéric avait organisé la surveillance. À peine sortaient-ils, un voyou leur emboîtait le pas et un policier en civil filait celui-ci, parfois relayé par un deuxième. Les malfaiteurs avaient l'air jeunes ; plutôt propres sur eux. Bien vu : pour flâner dans le quartier où demeurait le riche bijoutier sans attirer l'attention, il valait mieux être bien habillé. Ces professionnels ne laissaient rien au hasard.

Frédéric avait filé l'un d'eux jusqu'à la

bibliothèque municipale, étonné qu'un voyou fréquente ce lieu. Sur ses pas, il était entré dans l'espace Émile-Gaboriau : un silence concentré régnait dans le nouveau lieu culturel de la ville, inauguré quelques mois plus tôt, qui remplaçait l'antique bibliothèque devenue trop petite et depuis des années malpratique pour accueillir les étudiants. On parlait désormais d'« espace ». Devant son portable connecté, tout le monde lisait, étudiait ; s'il fallait parler, c'était à voix basse. L'homme s'était dirigé dans une salle où des ouvrages pratiques étaient à disposition des usagers. Crayon en main, il avait consulté le *Who's Who*, probablement pour étudier la notice du bijoutier, avant de se rendre dans la salle de presse. Il avait longuement feuilleté un magazine de décoration. Frédéric en avait noté le titre et la couverture. Il vérifierait quelques heures plus tard qu'il contenait un reportage sur la magnifique villa des bijoutiers. Photos, légendes, articles enrichis d'encadrés sur d'admirables objets, aucun détail ne manquait pour saluer le goût et la richesse des propriétaires, amateurs d'Art déco : tables basses en bois de palissandre, paire de fauteuils coquillage, buffet marqueté, etc. Mais ces pièces n'intéressaient pas les voyous : elles n'étaient que les signes de richesse d'un homme à qui ils entendaient extorquer son argent et ses bijoux.

Chaque jour, la menace se précisait davantage autour de cette famille ignorante des noirs desseins qui pesaient sur elle. Les écoutes le confirmaient, l'agression était imminente. Fallait-il attendre de les prendre en flagrant délit ? Le patron en avait décidé autrement. Les membres de la bande occupaient des appartements ou des maisons disséminés dans la région. La police allait intervenir.

Les hommes de la BRI investirent les planques au petit matin. Le jour se levait à peine. Frédéric se souvenait de l'arrivée au pied d'un petit immeuble paisible où ils avaient « logé » Elaya. Il fut le premier à entrer dans l'appartement. Quand la porte tomba, il fit un pas dans l'appartement, arme au poing, et eut un coup au cœur quand il distingua dans la pénombre devant lui, à deux mètres, un homme armé ; il cria : « Lâche ton arme ! » avant de s'apercevoir que c'était son reflet dans la glace d'une penderie qui lui faisait face. Dans la chambre voisine, Elaya dormait à poings fermés. L'arrestation se fit sans difficulté.

Le soir même, Frédéric payait un verre à tous ses collègues. « Lâche ton arme ! » : sa méprise avait fait le tour de l'hôtel de police. Ils avaient bien ri.

La bande avait été condamnée à dix ans de réclusion.

« Tarif maison », avait murmuré Frédéric, en apprenant le verdict.

Les temps changeaient. Quelques années plus tard, il découvrait dans la presse un spectaculaire fait divers : l'élimination du gang de Roubaix. Une dizaine d'hommes, auteurs de violents braquages de supermarchés dans le Nord, d'une attaque d'un fourgon de la Brink's, et d'un attentat raté contre un commissariat de Lille. La bande avait établi son QG dans une maison de Roubaix que les collègues du RAID avaient prise d'assaut. Les voyous avaient résisté, et péri dans l'incendie du bâtiment. Quelques heures plus tard, le reste de la bande était arrêté. Frédéric avait suivi la chronique de leur procès à la télévision : qu'ils fussent d'origine européenne ou algérienne, tous s'étaient radicalisés, notamment durant la guerre d'ex-Yougoslavie qui s'achevait à peine. Ils cherchaient confusément à la poursuivre ou à l'étendre en Europe. À leurs braquages, ils avaient donné un motif religieux : financer l'aide à leurs frères musulmans persécutés en Bosnie.

Un mot avait sonné à son oreille, un néologisme revenait souvent dans la bouche du correspondant de la chaîne dans le Nord : « gangsterrorisme », le banditisme au service d'une cause. C'était nouveau ce mélange, mais à l'évidence explosif. Le récit des faits insistait sur la grande violence dont avaient fait preuve les voyous de Roubaix. Au nom de l'islam.

— Chez eux, la religion n'adoucit pas les mœurs.

Un détail l'avait frappé. Quelques mots anodins du procès, rapportés par un journaliste. Au président qui l'interrogeait sur sa conversion, l'un des accusés, Kevin Bonnaud, dit Abou

Chaloui, avait répondu : « L'islam m'a évité de continuer mes conneries. »

— Ben tiens ! s'était exclamée Audrey.

Frédéric était resté songeur. L'explication de Bonnaud était-elle de la forfanterie ? une bonne repartie comme les procès en réservaient quelquefois ? ou la réponse sincère d'un homme dont la vie avait vraiment changé sous l'influence d'une religion devenue sa raison de vivre et de mourir ?

Bonnaud-Chaloui avait été condamné à dix-huit ans de réclusion criminelle. Les autres avaient écopé de peines allant de cinq à quinze ans.

XXI

Le jour où Hicham Boulaïd a été libéré, Emma n'était pas devant la maison d'arrêt. Le soleil brillait d'une lumière qui l'avait ébloui. Hicham n'avait plus l'habitude. L'horizon se dégageait enfin, plus de portes, plus de murs d'enceinte pour lui boucher la vue. Tout lui paraissait immense, infini. Mais la rue était déserte. Il y avait des passants, des voitures arrêtées au feu ; manquait juste Emma. Où pouvait-elle bien être ? Emma, son « Emma jolie » ? Il avait consulté son portable. Pas de message.

Il a erré toute la journée, pris un verre sur la place de l'hôtel de ville, heureux de retrouver l'animation du quartier piétonnier ; et en fin d'après-midi seulement, il s'est dirigé vers Pill-Pulls. Arrivé quelques minutes avant la fermeture, il s'est posté de l'autre côté de la rue sur le trottoir, et a attendu. Il a vu le volet descendre et les vendeuses sortir par une porte. Emma était avec Vanessa. Elle a pâli en le voyant, a chuchoté un mot à son amie qui s'est éloignée.

— Tu aurais pu venir m'attendre à la sortie, t'étais où ?

— Hicham, j'en ai marre. La prison, ton entrée en prison, ta sortie de prison, ton retour en prison, ça va.

— T'as fait quoi quand j'étais en taule ?

Emma s'est rebiffée. Elle se souvenait de la visite de la police, de son interrogatoire, des avertissements des policiers déguisés en conseils.

— Ça te regarde pas.

— Ça me regarde pas ? Bien sûr que si.

— On n'est pas mariés !

— T'as un mec ? Salope !

Le ton est monté d'un coup. Hicham lui a saisi le poignet.

— Qu'est-ce qui te prend ? Lâche-moi ! Lâche-moi, je te dis !

Un passant s'est arrêté, s'est approché d'eux :

— Y a un problème ?

Hicham a revu la maison d'arrêt, la succession de portes qui s'ouvrent et se ferment, le bruit métallique qui résonne dans la nuit. Les cris des fous et des hommes qu'on bat. La promiscuité de la cellule et pourtant la solitude. Il se l'est juré, il ne veut plus connaître ça. Il a craché par terre.

— *Barkibia*, dégage. Va niquer tes morts !

Hicham a passé une semaine chez ses parents. Revenant tard dans la nuit, prenant ses repas sans dire un mot.

— T'es pas à l'hôtel, a lancé Samia, sa plus jeune sœur.

La gifle a fusé, suivie des pleurs de Samia, des cris d'Asma. Brahim ne rentrait que le lendemain. Hicham est parti en claquant la porte.

— Sois le bienvenu, au nom d'Allah.

C'est Mokhtar qui lui avait conseillé de se rendre à Sidi Salem. Hicham a retrouvé dans sa poche de blouson un papier avec le nom et l'adresse de l'association. Là, des travailleurs sociaux l'ont aidé à remplir des documents pour sa réinsertion et sa prise en charge. Grâce à eux, il a pu effectuer des démarches en ligne. Il s'est aussitôt senti bien à Sidi Salem. Hicham regarde au mur les innombrables affiches présentant les activités de l'association et les cours qui sont donnés : sur l'interprétation correcte du Coran et des hadiths, sur toutes les sortes de mécréance, sur les règles et les lois de l'islam, sur Adam, Moïse, le Paradis et l'Enfer. Il s'est promis de les suivre. Il se souvient de ce que lui a dit Mokhtar pendant sa détention : d'abord, il convient de vivre comme un bon musulman, ensuite de combattre pour la vérité. Désormais, il entretient tant bien que mal la barbe qu'il a laissée pousser en prison. Il a téléchargé une appli qui se déclenche aux heures de la prière, pour l'*adhan*, l'appel du muezzin, en version numérique.

À Sidi Salem, il a fait la connaissance de Khaled et Faudel. Avec eux, il a retrouvé des discussions comme il en avait avec Mokhtar.

— *Charlie*, ils avaient publié des caricatures de

Mahomet qui blessaient les croyants. Ils devaient être punis.

— J'ai entendu à la télé, ils s'en étaient vantés.

— Ouais : genre tous les droits pour eux, et aucun pour les musulmans.

— Y en a qui demandent un droit au blasphème.

— Qu'ils soient maudits pendant soixante-dix ans ! *Nardine bebek.*

Dans les jours qui avaient suivi l'assassinat des journalistes de *Charlie Hebdo*, une manifestation monstre s'était déroulée dans Paris, réunissant des centaines de milliers de gens, à laquelle avaient été invités des dirigeants du monde entier. Pour Khaled, l'indignation avait été à son comble : « Tu as vu, Hicham, pour défendre prétendument la liberté ils accueillent des dictateurs : y a même le Premier ministre israélien. T'y crois ? Belle leçon de défense des droits de l'homme. »

Une expression avait fleuri en France : « Je suis Charlie. » Pas une personnalité, pas un homme politique, pas une actrice qui ne manquât une occasion de le clamer publiquement.

— T'en connais, toi, des « Charlie » ?

Khaled avait apostrophé Hicham. Des « Charlie », autrement dit des gens qui acceptent qu'Allah et le Prophète soient offensés. Hicham pensait à Mokhtar : si on n'est pas dans la vérité on est dans l'erreur. Il disait qu'en France, on aime bien une phrase qui dit quelque chose comme : « Je ne suis pas d'accord avec vous mais je me battrai pour que vous puissiez vous exprimer. » Le comble de la connerie ! et la preuve de la gangrène qui ronge la France. Mokhtar était catégorique : soit ce qui est dit est vrai et doit être défendu, soit c'est faux et alors il faut le combattre, sans pitié pour celui qui profère ces erreurs.

La complaisance générale à l'égard de « l'esprit Charlie » l'avait dégoûté. Et ce dégoût n'était pas passé. Non seulement le mal avait été défendu, mais, pis, il avait été célébré par tout le monde, du président au plus humble des citoyens ; et le bien, la religion avaient été eux bafoués, ridiculisés par les journalistes, les humoristes.

Khaled et Faudel étaient d'accord :

— Les Kouachi ont lavé l'honneur des croyants.

— Qu'ils reposent au paradis des chahids, que des houris les accueillent, au milieu des fleuves d'eau fraîche et des ruisseaux de lait, de miel et de vin.

Khaled parle volontiers comme un poète, Faudel est plus direct. Cash. Hicham a tout de suite aimé leur mentalité.

— Et les chrétiens, est-ce qu'ils sont Charlie ? Ils ne peuvent tout de même pas avoir défendu ce journal qui caricature leur Dieu et leur pape.

— Tu parles ! J'ai entendu un curé déclarer : « Nous pleurons ceux qui ne nous faisaient pas toujours rire. » Ils hésitent, ils finassent. Croismoi, Hicham : ils ont choisi leur camp.

Faudel a renchéri :

— Ils ne valent pas mieux que les blasphémateurs.

— Ils paieront.

Khaled et Faudel passent du temps sur l'ordinateur de l'association, à consulter des sites.

— On s'informe, expliquent-ils à Hicham, et pas avec BFM TV. Tu veux qu'on te montre de l'info pas très « Charlie » ?

Le site se présente comme l'agence de presse officielle de l'État islamique : *Al-hayat Media Center*. La page d'accueil est barrée d'un slogan : « *It is now time to rise.* » En cliquant sur un onglet, on tombe sur une sorte d'e-kiosque. Les magazines proposés ont pour titre *Rumiyah*, *Dabiq*, pour les éditions en anglais, et *Dar-al-Islam* en français. Hicham n'en revient pas : c'est comme les hebdos qu'on voit dans la salle d'attente du médecin. Photos couleurs, interviews, longs articles.

— Regarde.

Justement, un « dossier exclusif » traite des attentats commis en France en 2015. Hicham a tendu le cou et commencé à lire. Ils sont qualifiés de « voie prophétique ». Un long article réfute les diverses interprétations données en France de ces actes. Ils n'ont « rien à voir avec l'islam », assurent certains experts sur les plateaux de télévision. « Bien sûr que si », rétorquent les journalistes de *Dar-al-Islam*, ces attaques sont au contraire « so Daech » : elles en sont l'expression même. Dans le même esprit, les arguments des autorités civiles, intellectuelles et musulmanes de France, qu'Hicham a entendus cent fois, sont réfutés point par point : « Le djihad n'est pas la guerre sainte », « Il doit être compris comme une analogie : c'est un combat intérieur symbolique ». Faux, écrivent posément les auteurs : le djihad consiste précisément à combattre les mécréants. Par tous les moyens. Toutes les écoles juridiques de l'islam le confirment.

Cette pensée simple et claire, cette évidence, lui ont rappelé Mokhtar ; le doute, l'hésitation, la pensée flottante et relative sont l'apanage des faibles. Si Allah est tout-puissant, la soumission de l'homme doit être totale et ce qui Lui résiste, L'entrave, pour ne pas dire ce qui s'oppose à Lui, doit être combattu sans relâche. Agression des Américains et de leurs alliés contre l'Irak, l'Afghanistan, la Libye, politique d'Israël vis-à-vis des Palestiniens, partout les soldats du califat sont en situation de légitime défense contre une société qui bafoue Allah et dégrade l'homme : le vote en France autorisant le mariage homosexuel l'atteste. L'article fait aussi référence à la loi sur le voile, aux débats récurrents sur la laïcité, aux polémiques sur le burkini.

— Ils connaissent bien l'actu française, fait remarquer Hicham.

— C'est rédigé par des frères français.

Il aime parcourir ce site qui lui donne l'impression étrange et jouissive de présenter enfin la France selon son goût. Tiens, l'imam de Brest,

Rachid Abou Houdeyfa, est qualifié de « serpillière ». C'est curieux, dans les médias français, il est au contraire présenté comme un dur du fait de ses déclarations sur la musique ou le port du hijab considéré comme obligatoire. Ceux qui chantent seront transformés en singes et en porcs, a-t-il affirmé, provoquant une tempête de protestations. Pour la rédaction de *Dar-al-Islam*, sa condamnation panurgiste des attentats et de la violence prouve au fond sa mollesse, et sa soumission à la mentalité occidentale.

Un portrait l'a passionné. Celui d'Umar al-Firansi : Omar le Français. Soit, racontée sur plusieurs pages, l'histoire d'un enfant d'un quartier populaire de Roubaix, parti plusieurs fois en Algérie pour rejoindre les moudjahidin, puis ayant combattu au Mali avant de gagner la Syrie, « le Shâm » selon l'expression consacrée, où il a fait allégeance à l'émir Abou Bakr al-Baghdadi. Il est mort glorieusement. Sa veuve témoigne, saluant son sacrifice et celui de ses compagnons : « Louanges à Allah, ils ont été tués dans le sentier d'Allah et c'est ce qui leur permet d'être maintenant vivants auprès de Lui par Sa volonté. Les mécréants passent par la vie pour aller à la mort et nos maris passent par la mort pour aller à la vie. »

Des hommes qui vont au bout de leur engagement : Hicham trouve ça magnifique.

XXII

Le père Tellier avait fini par apprécier Nicole Duroy. Cette femme au fort caractère avait animé la messe pendant des années, tous les dimanches à Saint-Martin. Sa silhouette s'était tassée, sa voix altérée, mais son énergie était restée intacte, presque jusqu'au bout. L'eût-il laissée faire, elle aurait chanté le canon à sa place.

Nicole et ses cantiques usés jusqu'à la corde… Il fallait de la ténacité pour s'employer à la faire changer. Ils avaient souvent eu des mots, des disputes auxquelles il coupait court par un : « Si vous permettez, c'est moi le curé… » Elle était morte le mois dernier, Georges avait célébré ses obsèques dans une église comble. Une figure du quartier s'en était allée. Il fallait maintenant songer à la remplacer.

Une paroissienne l'aborda sur le parvis ; une jeune femme qu'il ne voyait que depuis peu à l'église et qu'il avait remarquée. Jolie, gracieuse ; d'elle émanait une gaieté qui le frappa aussitôt.

— Je m'appelle Iris Gautier.

— Vous êtes nouvelle sur la paroisse ?

— Oui, nous sommes arrivés au début de l'été : mon mari a repris l'agence immobilière du cours Clemenceau. Et voici nos enfants.

Georges vit deux visages rieurs et intimidés, constellés de taches de rousseur, s'enfouir dans les jupes de leur mère.

— Je pourrais reprendre l'animation de la messe.

— Vous avez l'habitude ?

— Oui, je le faisais dans notre précédente paroisse.

On était en septembre. L'été offrait une agréable prolongation. Le soleil était plus doux, l'air toujours chaud. Iris Gautier parlait avec vivacité. Cheveux éclaircis par le soleil, taille mince, jambes lisses et bronzées : assurément, elle attirait l'attention. Tandis qu'elle s'éloignait en tenant ses enfants par la main, Georges se surprit à la regarder, comme un homme regarde une femme, s'attardant sur sa silhouette. Il en rougit intérieurement. Si on l'avait vu…

Le dimanche suivant, Iris Gautier était là avec son grand cahier de chants et son diapason. De la sacristie, Georges l'entendit faire répéter le petit groupe de chanteurs. Elle se démenait, interpellant l'un, encourageant l'autre, toujours avec bonne humeur. Il passa la tête et la vit au pupitre. Son rire éclatait sous les voûtes. Et son timbre parfait, si bien ajusté…

Georges tendit l'oreille. La chorale entonnait un chant qu'il ne connaissait pas. Iris puisait dans un registre nouveau, frais, inspirant.

La messe commença. Iris leva le bras et entonna le premier chant d'une voix magnifique, qui le fit tressaillir. Il lui sembla qu'elle insufflait de l'enthousiasme à l'assemblée. Georges remontait l'allée centrale derrière les enfants de chœur, essayant de rentrer dans la cérémonie. Il la voyait devant lui, au pupitre, sa taille oscillait légèrement, ses bras battaient la mesure.

Debout, resplendis, car voici ta lumière,
Et sur toi la gloire du Seigneur.
Lève les yeux et regarde au loin,
Que ton cœur tressaille d'allégresse.
Voici tes fils qui reviennent vers toi,
Et tes filles portées sur la hanche…

Une étole de tulle recouvrait élégamment ses épaules. Georges avait du mal à détourner son regard. Iris était là, visible, mais un voile léger les séparait. Il lui fallut fermer les yeux un long moment, se concentrer, chasser des images qui affluaient, pour commencer la célébration.

— Le Seigneur soit avec vous…

L'après-midi, cette vision ne l'avait pas quitté, accompagnée d'un sentiment qu'il n'avait jamais vraiment éprouvé.

D'ordinaire, il aimait retrouver le calme de son presbytère, après le tumulte de la journée, les cris des enfants du catéchisme, les sollicitations des paroissiens. Prêtre depuis vingt-cinq ans, il avait appris à vivre avec la solitude, à l'apprivoiser. Même, à en faire une alliée pour sa prière. Toutefois, depuis quelque temps, il avait changé : cette même solitude lui pesait, l'entravait. Il se souvenait d'un mot utilisé au séminaire : l'acédie. Comment le traduire ? La tiédeur, l'indifférence. « Le démon de notre cœur s'appelle : "À quoi bon ?" »... Cette phrase de Bernanos lui revenait à la mémoire... À quoi bon prier ? À quoi bon cette vie ? Et, pis encore : à quoi bon éloigner la tentation ?

Le rire d'Iris Gautier, sa voix cristalline, sa silhouette occupaient son esprit. « Serais-tu amoureux, Georges ? » se demandait-il.

Quand elle l'interpellait joyeusement, « Pas vrai, Padre », quand elle poursuivait avec lui une conversation, il en était heureux et son souvenir l'accompagnait durant ses journées. Il pensait à elle, recherchait sa compagnie. S'il s'était attendu à ça...

Il se souvenait de Jean-François.

Ce prénom lui revenait, au moment même où il tombait sous le charme de la belle Iris... C'était il y a quinze ans. Il revoyait son plus vieil ami, un garçon athlétique et jovial aux yeux ardents et au sourire enjôleur, sous une tignasse bouclée qu'il laissait parfois pousser plus que de raison. Pour Georges, Jean-François, Jeff, représentait alors l'homme parfaitement accompli : à l'aise avec tous, attirant garçons et filles par son charisme.

Georges et lui se connaissaient depuis le lycée et ne s'étaient jamais perdus de vue. Jean-François travaillait dans une entreprise du CAC 40, à l'export. Il voyageait beaucoup, gagnait bien sa vie, prenait des responsabilités. Un bel avenir s'ouvrait. Tout jeune prêtre, Georges avait célébré son mariage. Sur le parvis de l'église inondé de soleil, Jean-François et Katia formaient un beau couple, rayonnant, glamour. Une photo les avait immortalisés, les mains levées vers le ciel, qu'il avait conservée dans un cadre, sur son bureau. Deux enfants étaient nés, un garçon et une fille. Georges avait connu couple plus mal assorti, plus éprouvé par la vie. En apparence, ils avaient tout pour être heureux.

Un jour, Jean-François lui avait téléphoné. Ça ne lui arrivait plus souvent. La dernière fois ? C'était pour la naissance du second. Pas loin de dix ans, donc… Cette fois la voix était légèrement altérée.

— C'est grave, Jeff ?

— Je suis dans la région, je passe te voir demain.

Il avait fait irruption au presbytère. Visage grave, mine préoccupée.

— Georges, je… je vais quitter Katia.

Georges n'avait rien répondu. Un voile sombre était passé sur ses yeux. Jean-François avait murmuré :

— Je sais ce que tu penses…

Il ne pensait rien, seulement submergé par l'émotion : une séparation, de quelque côté qu'on la prenne, c'était une déchirure. Une vague de tristesse l'envahissait parce qu'il savait ce que ce genre de décision charriait de chagrins, de blessures. Et puis, autre chose : en se quittant, l'homme et la femme mariés brisaient une parole prononcée un jour devant Dieu et devant les hommes. Oui, Jean-François et Katia, eux aussi, avaient dit le mot, le jour de leur mariage, comme lui le jour de son ordination.

— Elle s'appelle Lucile. On travaille ensemble. On a fait pas mal de déplacements à l'étranger ces derniers temps… j'en suis raide dingue, mon vieux…

Georges voyait d'ici la jolie cadre, élégante, soignée, il voyait aussi les dîners en tête à tête après les journées de travail, le bar de l'hôtel aux lampes tamisées, le dernier verre pris dans la chambre de l'un ou de l'autre. La nature humaine avait fait le reste. Pris par son métier, Jean-François devait passer plus de temps avec Lucile qu'avec Katia.

— Tu sais, je n'ai pas l'impression d'une rupture. Il ne se passe plus grand-chose avec Katia.

— Mais c'est ta femme tout de même…

— C'est une fille formidable. Je l'admire. Elle est entreprenante, intelligente.

— Alors, pourquoi tout casser ?

— Parce que je suis tombé amoureux, Georges…

Georges le regarda.

— Tomber amoureux, la drôle d'expression !

Elle contient justement la notion de chute. Tu sais, Jean-François, ça m'arrive tous les jours…

— Tu rigoles ?

— Non, ma vie est faite de rencontres, et mon ministère consiste à aimer chaque personne mise sur son chemin. Il m'arrive de m'attacher.

— C'est pas pareil.

— Si, mais ce que je veux te dire c'est ceci : tomber amoureux, c'est de l'ordre des sentiments. Quelqu'un te plaît, ok. Mais il y a aussi la volonté, celle de céder ou non aux élans de son cœur. La volonté de rester fidèle à un serment. Toi, à ton mariage, moi, à mon ordination.

Le père Tellier revoyait le jeune homme qu'il avait été, l'alité d'Alger submergé par l'envie de convertir le monde. Quand il était écrasé par la fatigue, par une impression d'inefficacité, d'inutilité, l'image d'un garçon immobilisé sur un lit d'hôpital, impatient de se lever, le forçait à avancer.

— Avec Katia, je prends conscience que le contrat n'est pas complètement rempli, se justifiait Jean-François.

— Un contrat ? Mais un mariage c'est bien plus qu'un contrat ! C'est une promesse ! Même s'il peut y avoir des déceptions, il y a un programme de bonheur à tenir.

— Justement. Entre nous, il n'y a plus de désir.

— Jeff ! Il n'y a pas que ça entre un homme et une femme. Il y a plus, il y a mieux.

— Ça, ce sont des mots de curé. Le désir, ce n'est pas rien. Tu ne peux pas comprendre…

Il avait souri. Des confidences de cet ordre, des plus intimes, des plus crues, les hommes et les femmes qu'il rencontrait lui en faisaient tous les jours. Pas besoin d'être marié pour avoir été amené à connaître de l'intérieur un couple et ses méandres. Les aspirations de l'un, de l'autre, les malentendus, la perpétuelle nécessité de s'ajuster.

— Je te déçois ? Tu te dis que je suis un éternel ado…

Georges avait haussé les épaules.

— Je prierai pour toi, mon vieux, je prierai pour ton bonheur.

— Je suis heureux, comme tu ne l'imagines pas.

— Je prierai pour ton bonheur, avait répété Georges. Mais réfléchis, demande-toi où il est, en quoi il consiste… C'est un bon coup dans une chambre d'hôtel ou une vie avec Katia, ta femme, la mère de tes enfants ?

— Tu es dur, Georges.

— Parce que tu vaux mieux que ça, Jeff. Et Katia aussi, et Lucile.

La gêne s'était installée. Georges continuait de sourire à son ami, mais il sentait que ce sourire était figé.

— J'ai besoin de me remettre en question. On change. Toi, moi. Tu l'as dit, il faut s'ajuster.

Jean-François s'était levé pour partir. Georges avait posé sa main sur son épaule :

— Veux-tu que je te bénisse ?

Entre eux, c'était un rituel. Georges bénissait ceux qu'il aimait.

— J'en vaux encore la peine ?

— T'es con… Sur ce point, tu ne changeras jamais.

Jean-François s'était agenouillé, et Georges avait étendu les mains et, à mi-voix, avait béni son ami. Ils s'étaient donné l'accolade, Jean-François était parti. Sur le seuil de la porte, Georges l'avait regardé s'éloigner.

Pauvre Jeff ! Il voulait changer de vie, et toute l'époque l'y incitait. Il fallait changer de tout, tout le temps. L'immobilité, c'était la fin du monde. Il fallait sans cesse remplacer ses vêtements, sa voiture ; changer de coiffure, de métier. Plus audacieux encore, on pouvait aussi changer d'allure, se faire refaire le nez, les seins. Changer de sexe, même ! Un paroissien, qui était médecin du CHU voisin, lui avait expliqué un soir les prodiges toujours plus grands effectués par la chirurgie esthétique, sans parler des bouleversements anthropologiques qui s'annonçaient. « Tout est possible, expliquait celui-ci. Et pour l'esprit humain si c'est possible, il est légitime d'en avoir envie. »

Jean-François ne se ferait pas opérer, bien sûr, il voulait seulement « se remettre en question », « se relancer » ; le monde moderne et le vocabulaire du management et de la publicité avaient toute une gamme d'expressions pour traduire cette envie qui tenaille l'homme depuis ses premiers jours au Jardin, pour la rendre aimable, souhaitable, impérative : « Vous serez comme des dieux… »

Dans ce monde en pleine ébullition, que devait être le prêtre des temps présents ? Cette question taraudait Georges depuis longtemps. Enfoui, comme l'avaient préconisé ses aînés, pour être le levain dans la pâte ? Au contraire, identifié par un col romain, une soutane ? Il n'avait guère le temps de réfléchir à ces options, avantages et inconvénients : ce qui était sûr, c'est qu'il devait être un apôtre, inlassablement. Il passait douze heures par jour au service de sa paroisse, célébrant des obsèques, faisant le catéchisme, confessant. Enfin, confesser…, la vérité obligeait à dire que ses fidèles ne se pressaient pas pour recevoir le sacrement de la réconciliation. Le sens du péché et de la contrition se perdait.

Les premiers chrétiens avaient été en butte à la persécution politique. Celle-ci avait renforcé leur détermination. Sa génération rencontrait un adversaire plus redoutable encore, invisible, insidieux : l'indifférence.

Comment faire retrouver à ses contemporains le goût de Dieu ? Sentiraient-ils un jour que leur identité, dont le catholicisme faisait partie, était en train de s'effacer ? Changeraient-ils miraculeusement ? Ces plans sur la comète, ce millénarisme, ce providentialisme, le père Tellier les entendait parfois, exprimés par ses paroissiens. Il haussait les épaules. La foi en Jésus-Christ, était-ce seulement une identité ? N'était-ce pas un acquiescement personnel, plus secret et plus profond ? L'un n'allait sûrement pas sans l'autre. Chaque individu avait son histoire propre, et celle des siens, dont il était le dépositaire.

« On n'est pas chrétien comme on est gaulliste, ou socialiste, ou libéral, se disait Georges. Ce n'est pas une étiquette, et ça ne doit pas le devenir. C'est un état, celui de baptisé. C'est aussi un idéal : devenir un saint. Est-on un saint par sa vie ou par sa mort ? » Il aurait été bien en peine de répondre.

« Seigneur, de quel prêtre la France a-t-elle besoin ? Le suis-je selon Tes vœux ? » Il relisait saint Paul, dont l'énergie le saisissait et le soutenait. Deux mille ans après, la vigueur de son verbe était intacte. L'apôtre, lui aussi, avait connu l'épreuve : cette fameuse écharde dans sa chair sur laquelle les chercheurs, les médecins et les exégètes s'interrogeaient encore : de quoi parlait-il ? D'une maladie, d'une tare, ou d'une tentation récurrente ? Paul avait tenu bon, jusqu'à la prison, l'opprobre, le martyre : *Proclame la Parole, interviens à temps et à contretemps, dénonce le mal, fais des reproches, encourage, mais avec une grande patience et avec le souci d'instruire. Un temps viendra où l'on ne supportera plus l'enseignement solide ; mais, au gré de leur caprice, les gens iront chercher une foule de maîtres pour calmer leur démangeaison d'entendre du nouveau. Ils refuseront d'entendre la vérité pour se tourner vers des récits mythologiques.*

Mais toi, en toute chose garde ton bon sens, supporte la souffrance, travaille à l'annonce de l'Évangile, accomplis jusqu'au bout ton ministère. Car me voici déjà offert en sacrifice, le moment de mon départ est venu. Je me suis bien battu, j'ai tenu jusqu'au bout de la course, je suis resté fidèle.

Jean-François avait quitté Katia. Aux dernières nouvelles, il s'était remarié. Avec cette Lucile dont il lui avait parlé lors de sa visite ? Même pas sûr… Une autre femme lui avait peut-être succédé dans le cœur, dans les bras de son ami. Celui-ci avait cru tout régler en refaisant sa vie, mais les mêmes difficultés, inhérentes à toute vie de couple, s'étaient sûrement présentées. Comment Jean-François les avait-il surmontées ? Il vivait à Berlin et ne téléphonait plus jamais à Georges : blessé par sa réaction ? Georges avait seulement voulu être en vérité avec lui.

Aujourd'hui, Iris surgissait dans sa vie. Était-ce son tour de « changer », de « se remettre en question » ?

Longtemps, Georges s'était prémuni contre le charme féminin. Avec ses paroissiennes, il restait distant, et par conséquent se comportait souvent de façon maladroite. Il ne les comprenait pas, préférant travailler avec les hommes. Dans son dos, il avait entendu le reproche de misogynie. Cela l'avait blessé : c'était injuste, comment leur dire qu'il luttait ? Que son indifférence feinte était un combat ?

Quelque chose se rebiffait en lui : les hommes ne seraient donc jamais conduits que par leur désir ? Un autre mot, un mot de soudard, lui venait à l'esprit. Était-il écrit qu'ils succomberaient tous ?

À quarante, à cinquante ans ? Était-ce inéluctable ? Les femmes venaient-elles combler fatalement les manques d'une vie ?

Pourquoi le nier : aujourd'hui, la présence d'Iris avait sur lui l'effet d'une caresse à laquelle il était difficile de résister. Il avait vingt-cinq ans de prêtrise. La vie quotidienne était parfois dure. Il pouvait bien mettre enfin un peu de douceur dans son existence.

Sa complicité avec la jeune femme grandissait. Il sentait qu'ils s'accordaient. Iris savait qu'elle lui plaisait ; elle ne se privait pas d'en jouer. Sa façon de rire, d'agiter sa chevelure, d'interpeller, elle aimait attirer, comme on lance un défi. Elle se mirait dans le regard des autres : « Suis-je toujours belle ? » Elle l'était, assurément.

Georges ne se lassait pas de son énergie, de sa gaieté, de son rire communicatif ; elle l'avait remarqué et lui lançait des coups d'œil auxquels il répondait ; il sentait bien que, près d'elle, il devenait plus drôle, plus séduisant ; il était plus présent, comme s'il sortait de lui-même. Cette sensation était agréable. Elle le renvoyait à sa première adolescence, à ce temps, bien lointain pour lui, où l'enfant devient jeune homme, découvre qu'il plaît, et s'en trouve justifié. Il se surprenait à se rendre plus souvent chez le coiffeur et, le matin, à choisir une chemise et un pantalon soigneusement repassés.

Il relisait le Cantique des Cantiques qui semblait avoir été écrit pour elle, pour eux :

Tu me fais perdre le sens,
Ma sœur, ô fiancée,
Tu me fais perdre le sens
Par un seul de tes regards,
Par un anneau de ton collier.
Que ton amour a de charmes,
Ma sœur, ô fiancée.
Que ton amour est délicieux plus que le vin…

La femme du poème et Iris se superposaient : *Tes lèvres, un fil d'écarlate, et tes discours sont ravissants. Tes joues des moitiés de grenade, derrière ton voile. […] Tes deux seins, deux faons, jumeaux d'une gazelle qui paissent parmi les lis.* Les mots éclataient, pleins de couleurs, de sensualité. C'était magnifique… La Bible venait à l'appui de son désir.

Elle surgissait au presbytère, les joues rosies par l'air frais. Était-ce aussi par l'empressement ? Georges aimait ce tourbillon qui faisait irruption dans sa maison, retirait son manteau, posait son sac, entrait dans son bureau, s'asseyait, se relevait. Rien qu'à sa façon de ranger une chaise, de prendre les tasses vides pour les emporter à la cuisine, il lui semblait qu'elle prenait possession des lieux. C'est-à-dire de lui.

Au printemps dernier, pour la fête annuelle de Saint-Martin, un groupe de paroissiens avait monté un spectacle : sketches, chansons, parodies, la vie paroissiale était plaisamment brocardée. L'assemblée riait de bon cœur.

Et puis Iris avait fait son entrée, seule sur la scène, et elle s'était mise à danser. Elle portait une robe à volants rouge vif, des bracelets métalliques qui s'entrechoquaient. À son cou, une petite croix d'or volait au gré de ses mouvements. Son apparition avait suscité un chuchotement de commentaires. Sa tenue aussi. Souriante, gracieuse, enjôleuse, la jeune femme s'était emparée de deux voiles dessinant dans l'air des motifs. Elle allait et venait sur la scène, voltigeait, s'arrêtait, repartait au rythme de la musique. Les spectateurs s'étaient mis à l'accompagner en tapant des mains, scandant des « *Olé* ». Georges ne l'avait pas quittée des yeux, fasciné. Hypnotisé. Une évidence venait de se faire jour. Bras levé et main sur la hanche, irrésistible, Iris ne dansait pas devant lui, mais pour lui.

Les semaines avaient passé et le souvenir de cette parade sensuelle s'était imprimé en lui. Elle l'obsédait. Que signifiait-elle ? Que se passait-il entre eux ? Il allait l'inviter à dîner. Pour la remercier, pour faire plus ample connaissance. Pour… Comment procéder ? Un repas au presbytère ? Le cadre n'était pas approprié, ni très agréable. Mieux valait le relais de la Cave, une bonne table installée dans un château, à vingt kilomètres. Ce serait plus agréable. L'endroit était réputé, raffiné, séduisant.

Georges se représentait déjà la scène : on les installerait à sa demande dans une pièce un peu à l'écart, éclairée aux bougies pour donner aux femmes un joli teint de pêche. Il serait habillé comme un quinquagénaire qui veut être à la fois élégant et décontracté. Il porterait une veste neuve, le foulard de ses vingt ans dans une chemise ouverte. Iris serait très belle, la robe rouge aurait laissé la place à une tenue plus sobre, plus habillée, tout aussi seyante. Elle aurait le visage légèrement empourpré par l'émotion. Lui, sentirait son cœur battre à tout rompre. Il n'y aurait plus de Padre, plus d'animatrice de chants, mais un homme et une femme, Georges et Iris, qui se plaisaient manifestement. Ignorant le ballet des serveurs affairés, il lui parlerait et, s'il l'osait, il lui prendrait la main. La retirerait-elle ? Il se pencherait vers elle… Si elle était venue, elle comprendrait… elle consentirait…

XXIII

Daoud a cherché. Pour se connecter avec Daech, quel mot clé utiliser ? EIIL ? ISIS ? Djihad ? Dawla ? Ou Daech tout simplement ?

De nombreux sites sont en arabe, d'autres en anglais. Il est tombé sur *jihadology.net*. Il a ouvert une vidéo intitulée « *Inside the Caliphate* » : soit une présentation de la vie quotidienne de ceux qui ont rejoint la Syrie ; souvent sous forme d'interviews. Daoud est frappé : les interviewés insistent sur la fraternité régnant entre eux au Shâm, celle-là même que Daoud a recherchée au sein de la communauté musulmane de Brandes ; les moudjahidin expliquent le bien-fondé de leur combat ; ils décrivent une existence de plein air, de sport, d'entraînement : pour la grandeur d'Allah. Ils disent qu'ils ont rejoint le camp de l'*izzah* (la fierté). Leurs épouses renchérissent. Elles sont jolies, quoique habillées de noir, parlent de leurs conditions de vie, pour elles et leurs enfants ; elles vantent leur maison, leur quartier, la solidarité qui règne entre les habitants.

Il est fasciné : sur ces images, tout paraît simple. Les hommes semblent avoir trouvé les réponses à leurs questions : des plus ordinaires – la vie a-t-elle un sens, comment être heureux ? – aux plus complexes – qu'est-ce qu'il y a après la mort, comment être sauvé ?

Tout doit aider à la recherche d'Allah et au combat pour sa gloire. Même la musique. Daoud a découvert les *anashids*, ces poèmes religieux et guerriers, chantés *a cappella*. Bien sûr, leur bien-fondé est discuté à longueur de blogs par les théologiens : est-ce de la musique, haram, de la poésie, halal ?

Il n'en a que faire, et se passe en boucle ceux qu'il déniche sur YouTube :

Ma kalach est armée,
Les civils désarmés,
J'élimine des Français,
C'est Valls qu'il faut remercier ;
Ceinture C4 branchée,
Dans une foule déclenchée,
J'explose des Français.
C'est Valls qu'il faut remercier.

Daoud ne quitte guère ses écouteurs. Le *munchidûn,* le déclamateur, possède une belle voix, douce, envoûtante, mélodieuse. Dans le bus ou dans la rue, il ne s'en lasse pas ; en marchant, il chantonne à mi-voix :

Tends ta main pour l'allégeance,
Et émigre vers ta terre.
Crie de tout ton cœur vengeance,
Car tu ne peux plus te taire.
Il faut briser le silence.

Le changement de style de David, ses cheveux longs, sa barbe mal fournie ont d'abord agacé François et Laure.

— Tu veux ressembler à un footballeur ? On dirait Dugarry.

— Ça ne te va pas, ça fait racaille…

Au bout de huit jours, d'un commun accord, ils ont décidé de ne plus aborder le sujet.

— Ça lui passera, a suggéré Laure.

— Oui, vivement qu'une fille lui dise qu'il a l'air d'un blaireau.

Laure a ri, elle sait bien que cette histoire de coiffure et de poils au menton n'est pas si importante. Si son Doudou a changé, c'est plus profondément. Ce changement de prénom et maintenant d'allure…

Elle a vu juste. Pour Daoud, un monde s'est ouvert. Il navigue des heures durant sur des sites, lit la presse islamique en ligne, visionne les vidéos.

— Qu'est-ce que tu regardes ?

Il n'a pas entendu entrer Laure. Elle dînait dehors, avec des clients. En rentrant, elle a voulu faire un crochet par la chambre de Daoud, encore allumée. Elle trouve que depuis quelque temps son fils passe trop de temps sur Internet. Dans *Elle*, un dossier l'a alarmée. L'écran, paraît-il, est une addiction comme l'alcool et la drogue. Les adolescents s'isolent, explique le magazine, ils s'installent dans un monde parallèle. Incapables de se concentrer, ils sont menacés de perdre pied avec la réalité.

— La prof nous a demandé de faire une recherche sur Internet.

— Tu devrais faire ça à un autre moment. Il est tard. Les écrans, ce n'est pas bon avant de dormir…

— T'inquiète pas, j'ai bientôt fini. Après je me couche.

Laure a quitté la pièce, préoccupée. Doudou est vraiment bizarre ces temps-ci.

Il a eu chaud ; quand elle a fait irruption, il s'apprêtait à cliquer sur un reportage de décapitations. Sitôt sa mère partie, il ouvre la vidéo : la scène est présentée comme l'exécution d'une sentence prononcée par un tribunal islamiste. Des hommes, un poignard à la main pointé sur l'objectif, tiennent chacun un prisonnier agenouillé à leurs pieds. Des gros plans s'attardent sur les visages apeurés, ou résignés. Des ordres sont aboyés, les poignards se lèvent. Quelques instants plus tard, les exécuteurs brandissent les têtes comme des trophées. Le sang coule. Daoud a un mouvement de dégoût et ferme les yeux. « Trop gore ! »

Il les rouvre sur un titre : « *A just sanction for the unbelievers* », une juste sanction pour les mécréants.

Sa crainte d'être repéré à cause de sa consultation de sites sensibles s'est évanouie. Il y passe de longues heures sans que la police vienne sonner chez les Berteau ; aucune brigade de robocops n'a encerclé la maison. Daoud s'attend tout de même à recevoir un message lui déconseillant la fréquentation de ce site non fiable. Mais non, rien.

Abu Mujahid al-Baljiki est l'un des assaillants du 13 novembre à Paris. Son vrai nom est Abdelhamid Abaaoud. Sur *jihadology.net*, Daoud a trouvé le récit de son histoire : « Il a sacrifié sa vie pour redonner aux musulmans leur fierté en déclenchant sa ceinture explosive aux abords du Stade de France. Il a contraint ce lâche de François Hollande à être évacué d'urgence. » Suit une interview de sa veuve qui célèbre en lui le bon croyant et exhorte les musulmanes à aider leurs maris dans leur combat, dans un style naïf qui le fait sourire. « Si les féministes lisaient ça… », se dit-il. Le site publie aussi son testament, un long texte de harangue, d'encouragement au combat, scandé par des sourates et illustré par des photos, notamment un beau portrait d'Abaaoud en soldat. « Ce premier message est adressé aux membres de ma famille, à mes proches et à la masse des musulmans. Je vous conseille d'accomplir votre devoir en terre d'islam car notre noble prophète a dit : "Je désavoue tout croyant vivant parmi les polythéistes." Sachez qu'il n'y a pas d'autre terre que les terres du califat, car ils appliquent à la lettre la loi d'Allah et à Lui reviennent les louanges. » Daoud a fait un tirage papier du texte, il l'a dissimulé parmi ses cours, et le relit régulièrement. Les illustrations surtout le fascinent. L'une d'elles montre Abaaoud un couteau à la main, derrière un prisonnier, prêt à égorger « pour la cause d'Allah ». Il frémit : « Et moi, en serais-je capable ? »

Il n'y a pas de jour où la presse ne se fait l'écho de Français partis pour la Syrie. Des hommes, des femmes, des enfants. Serait-il assez courageux pour effectuer cette rupture ? Il n'a aucune expérience de la guerre. Il a enquêté sur Internet : aucun djihadiste n'est un ancien militaire, aucun n'est lié à un réseau international de mercenaires. Ce sont de simples croyants résolus, qui ont pris l'avion, ou fait la route en voiture à travers l'Europe, jusqu'à la frontière turque. Comme un road trip d'été, entre potes, en famille. Mais sur les moyens concrets d'entrer en contact avec l'EI et de le rallier, les sites restent silencieux.

À La Rose de Saïda, la voix d'Hocine domine, toujours grave, magnifique. Ce soir-là, après la prière, il salue les soldats qui défendent Raqqa : « Qu'Allah le Très-Haut leur donne sa force. » Daoud le prend à part :

— Comment faire pour rejoindre le Shâm ? Tu peux m'aider ?

— Il faut que tu entres en contact avec Nadia Lecourt.

Daoud le fait répéter.

— Une meuf ?

— Même sur le deep web, la *taqîyya* est utile, frère.

La taqîyya, l'art de la dissimulation : Nadia Lecourt est le pseudo d'un frère en Syrie, très actif, très informé. En entrant en contact avec lui, Daoud pourra connaître le nom d'une filière et les moyens de la rejoindre.

Il lui passe un numéro de téléphone.

— Joins-le par Telegram, c'est plus sûr. Tu pourras chatter en toute liberté : il n'y a que l'appareil qui a émis et celui qui a reçu qui peuvent lire le message.

— T'es sûr que c'est fiable, Hocine ?

— Le créateur de Telegram a offert deux cent mille dollars à celui qui parviendrait à craquer le chiffrement.

— Qui a gagné ?

— Personne.

Hocine est vraiment un imam 2.0. Le soir même, Daoud se renseigne sur Internet et la réponse apparaît immédiatement : de fait, une option de Telegram permet d'envoyer des messages chiffrés qui ne sont accessibles que par l'appareil ayant initié ou accepté le chat.

C'est très simple de s'inscrire sur le réseau bleu au logo représentant un avion en papier. « Intuitif », dirait François, très fier de maîtriser le vocabulaire des technophiles ; « intuitif » et

« convivial ». Grâce au numéro que lui a donné Hocine, Daoud trouve sans mal le compte de Nadia Lecourt ; derrière ce nom se cache un certain Wallid. Dans ses messages, celui-ci dénonce inlassablement la guerre en Syrie : « La France bombarde des hôpitaux, cible des civils. Nous souffrons toute la journée des bombardements de la France et de l'Europe. La violence ne vient pas d'abord de nous, mes frères. Ce sont les *koufrs* qui ont commencé. Quand ils arrêteront de tuer, nous arrêterons aussi. »

Wallid se présente comme « le Parisien » car il a grandi dans une tour du XXe arrondissement. Mais, lors d'un voyage en Algérie, il a été saisi d'une certitude : son histoire, son identité étaient là. Il a ensuite retrouvé le chemin de la vraie foi. Son récit a fait tressaillir Daoud :

« Jusque-là, j'étais nomade, écrit Wallid.

— Moi aussi, a répondu Daoud, je ss né en France, mais je me suis jms senti vraiment français.

— Depuis que j'ai été à Alger, je sais qui je suis : 1 croyant. »

Wallid célèbre aussi la mémoire glorieuse d'Abaaoud et Larossi Abballa, un combattant du califat qui a égorgé deux policiers français à leur domicile. Incroyable : Abballa a filmé la scène et réussi à la poster. La police l'a aussitôt retirée, mais trop tard, Wallid l'avait copiée ; c'est incontestablement une belle opération de communication pour le califat : les lions frappent où ils veulent, quand ils veulent. Abballa était entré en contact avec Wallid quelques mois plus tôt, et celui-ci l'avait encouragé et conseillé : « Je suis fier de lui », écrit-il.

Daoud n'en revient pas : il chatte avec un homme que recherchent toutes les puissances occidentales. Celui qui a fomenté, organisé, téléguidé des attentats sur le sol français. Ils sont à des milliers de kilomètres de distance l'un de l'autre et il s'entretient avec lui comme il aurait parlé à ses grands-parents.

« T là ?

— *Salam Aleikum*, mon frère.

— Comment c le Shâm ?

— *Shâm ard mubaraka.*

— Je parle pas arabe.

— C'est cool.

— Mais t où ?

— Top secret. Les grandes oreilles des Français sont toujours ouvertes. Si on te demande, tu réponds : "Au Shâm, il prépare la victoire finale."

— Comment t'as fait pr partir, frère ?

— Je suis passé par la Turquie. Maintenant, c'est plus compliqué. C'est mieux de préparer des attaques en France. Il y a un temps pour tout, *bismillah* : un temps pour combattre pour Dar al-islam et un temps pour Dar al-Harb.

— Dar al-Harb ????

— Ça veut dire un pays à convertir à l'islam. C'est ta mission. »

Wallid lui a envoyé un lien vers un texte intitulé « L'administration de la sauvagerie », par un certain Abu Bakr al-Naji. Daoud ouvre le texte. L'auteur prône la violence, pour permettre à l'islam d'apparaître comme un recours aux yeux des populations lasses de celle-ci. Cette stratégie s'appliquait notamment pour Dar al-Harb. Cette violence peut être diffusée par des *istichhadi*, à bord de véhicules piégés, ou des *inghimassi*, des commandos bardés d'explosifs.

Dans ses messages, Abaaoud lui aussi était catégorique : « La question n'est pas plus de savoir si la France et l'Europe seront à nouveau frappées par des attentats comme ceux de novembre dernier. Réveillez-vous, pauvres fous. Les seules questions pertinentes concernent les prochaines dates et les cibles. »

À la connexion suivante, Wallid lui a aussitôt demandé :

« Tu as lu le texte ?

— Oui.

— Alors tu es prêt ?

— Je sais pas… G pas d'arme… Il me faudrait 1 kalach.

— Pourquoi une kalach ? Prends un couteau de cuisine. »

Wallid poste d'autres articles que Daoud dévore. Une interview d'Omar Mustafaï, un des chahids du Bataclan qui dit qu'il faut détruire des lieux de culte des koufrs. Un article consacré aux chrétiens est intitulé : « Les mondes ennemis ». L'auteur part des croisades jusqu'à aujourd'hui. Les propos du pape Benoît XVI à Ratisbonne sur l'islam sont dénoncés. Le pape François n'est pas mieux traité : ses propos sur les homosexuels le discréditent ; pour plaire à l'opinion, explique l'article, il fait l'apologie de la sodomie, alors que l'islam la combat. Cette attitude d'un pape n'est pas étonnante, note l'auteur, quand on connaît l'histoire du christianisme : les papes de la Renaissance, tous des débauchés.

L'article se finit sur une photo pleine page représentant une église détruite. Une croix brisée gît à terre. Daoud imprime la page.

« Tu te souviens d'al-Naji, frère ? Il dit bien que, dans le combat pour Allah – béni soit Son Nom pour l'éternité –, il faut éliminer des mécréants, mais il y a aussi qq chose d'important : la publicité. Il faut que BFM TV arrive sur place, retransmette pendant des heures. Le visage du chahid est diffusé partout. Pas besoin de communiquer. Leur télé s'en occupe.

— Pourquoi ?

— Les gens n'y voient qu'un soldat du califat prêt à prendre les armes pr sa cause. T'en connais, des koufrs qui feraient ça, égorger un keuf dans la rue ?

— Je sais pas, sur ma vie…

— Et pour quoi ils feraient ça ? Le CAC 40 ? La démocratie ? Les lions du califat sont dans *al haqq* (la vérité), ils savent pour qui ils combattent.

— Ça fait quoi d'égorger ?

— Rien : au début ça résiste un peu sous la lame, il faut forcer, ensuite c'est comme dans du beurre, et le sang pisse. Entraîne-toi avec 1 copain. Ou pour de vrai avec 1 chat ou 1 lapin, si t'en as un chez toi. »

XXIV

Le père Georges Tellier est seul dans son église, assis au premier rang. Il n'y a que le silence, dans le dépouillement des pierres qui l'apaise, après sa journée. Il ne prie pas ; trop fatigué pour ça, il se tient simplement sur le banc, les yeux mi-clos. Régulièrement, il les ouvre et fixe le grand crucifix au fond du chœur. Il l'a regardé mille fois, habitué à cette représentation d'un homme suspendu par les mains et les pieds, le flanc percé.

Mais cette fois il Le voit.

Il se redresse et ouvre grand les yeux. La scène lui apparaît dans toute sa cruauté. L'artiste a voulu être réaliste : les muscles tendus des bras et des jambes supportent le poids du corps retenu par les clous, les côtes saillantes, la tension du visage. La souffrance le tenaille.

Jésus a été pendu à un gibet de Jérusalem ; depuis deux mille ans, son supplice a été représenté par des peintres, des sculpteurs, montré maintes fois à l'humanité, qui n'y prête plus grande attention. Qui songe vraiment à cette mort horrible ? À ce qu'elle a représenté pour le supplicié ? L'entend-on encore appelant à l'aide ? Le Christ, à cet instant, n'a jamais été aussi humain ; Georges a beau lire et méditer la Passion chaque année lors de la Semaine sainte, c'est vrai : il n'entend plus le récit de ce supplice, il ne se le représente plus.

Jésus ne s'est pas dérobé. Il a accepté.

Et d'autres hommes, d'autres femmes à sa suite. Hélène de Jaurias, Théophane Vénard, Pierre de Porcaro, le père Jacques de Jésus, Jerzy Popielusko, Georges avait retenu des noms dans la longue liste des martyrs catholiques d'hier et d'aujourd'hui.

L'annonce de la mort d'un religieux et d'une religieuse en Algérie l'a bouleversé. Ils s'appelaient frère Henri Vergés et sœur Paul-Hélène. Le pays était en pleine guerre civile. Trente ans après son indépendance, il renouait avec la violence, le sang coulait à nouveau. Les islamistes avaient pris la tête de la rébellion contre le pouvoir. Le FLN, ce sigle qui avait été celui de l'espoir pour tant d'Algériens, était devenu synonyme de corruption et d'immobilisme. Les deux Français vivaient à Alger dans la Casbah. Ces noms résonnaient en lui, faisant naître une émotion qui le surprit lui-même. Il avait quitté ce pays depuis longtemps, l'avait relégué loin dans sa mémoire. D'autres y étaient restés pour les Algériens et au nom du Christ, malgré les menaces, malgré les conseils de prudence de leurs proches et des autorités. Ils avaient tout donné à cette terre et à ses habitants, tout jusqu'à leurs vies.

Et lui ? Au don total que Dieu lui demandait, comment répondait-il ? Par de petits accommodements. Un peu de soi donné, et un peu gardé pour lui. Une pensée pour Dieu et une autre pour son confort. D'un côté son ministère, de l'autre son plaisir d'homme ; sa tranquillité, Iris. Cette évidence le déchira : il faisait une réponse pusillanime, lui accordant une partie de sa vie, s'en réservant une autre, jalousement préservée, où une femme pouvait peut-être même avoir sa place. Pauvre Georges, si prompt à composer. « Ce n'est pas pour rire que je t'ai aimée. » Les mots du Christ à Angèle de Foligno lui vinrent à l'esprit. Il n'était certes pas prêtre pour rire mais qu'engageait-il d'irrémédiable, s'il ne cessait de calculer ?

Alors il se méprisa. La vie était en train de faire de lui un employé de Dieu, disponible aux heures ouvrables pour un baptême ou des obsèques et le reste du temps aux prises avec son désir, avec son égoïsme. Il n'ouvrait plus son bréviaire pour réciter la liturgie des heures. Les premiers jours, il avait trouvé une excuse, pas le temps, d'autres moyens de prier. Ensuite, il s'était dit qu'il n'en avait pas besoin. En réalité, c'était plus simple, il n'en avait plus envie. Et son envie le menait.

Il était en train de céder, de s'installer dans un état de médiocrité. Ce jeu de séduction avec Iris, ce dîner…

Il devait y renoncer.

L'image d'Iris dansant passa devant ses yeux. Dans son examen de conscience, il la ménageait. Elle n'y était pour rien, elle n'était que le révélateur de son état, de sa fragilité : après vingt-cinq ans de prêtrise, il vacillait, il transigeait. Il marchandait avec Dieu. Une question surgit à son esprit, violente : « Suis-je encore le type de prêtre dont le Christ a besoin pour porter son feu au monde ? »

Une partie de lui luttait encore. Allons, rien n'était grave. Ce dîner serait sans conséquence. En soi, il n'avait rien de répréhensible. Pourquoi y renoncer ? Il n'allait pas commencer à se soumettre au « qu'en-dira-t-on », lui qui aimait tant la liberté ?

Il n'y aurait pas de paparazzi au relais de la Cave. Ni lui ni Iris n'étaient Lady Di, Alain Delon ou Stéphanie de Monaco. Leur dîner ne ferait pas la une de *Voici*.

Mais que ferait-il s'il croisait là-bas quelqu'un de connaissance ? Le curé vu en compagnie d'une jolie femme… « Même en civil, je l'ai tout de suite reconnu… — Iris ? Celle qui anime les messes, la grande, sexy ? Non ! Je te crois pas. — Je te jure : ils dînaient ensemble. Ils avaient l'air de bien s'entendre. » Ça jaserait : « Ils s'en font pas, les curés. » Ça ricanerait : « Tous les mêmes : des faux-culs. »

C'est clair, il décevrait. Et ça, Georges le supporterait-il ?

Beaucoup de fidèles mettaient le prêtre sur un

piédestal. La raréfaction des vocations sacerdotales avait probablement accentué le phénomène. S'il était beau, brillant, éloquent, ils l'adulaient. Il représentait une figure d'autorité dans un monde qui n'en compte plus guère. Des jeunes voyaient en lui un père. Des femmes, l'homme rêvé, intelligent, prodiguant des conseils, et, en plus, désincarné : le charme sans la part d'humanité forcément pesante. Cette position était flatteuse pour un clerc, elle le valorisait, d'autant plus que le reste de la société l'ignorait. Impossible dans ces conditions de décevoir, de laisser entrevoir un doute, un défaut, une faille. Tout l'édifice s'écroulerait, le sien et celui de ses paroissiens.

Les prêtres étaient comme tout le monde. La perfection n'était pas en eux mais dans le seul sacrement de l'ordre qui leur avait été conféré. Bernanos l'avait parfaitement exprimé : « Ô merveille, qu'on puisse ainsi faire présent de ce qu'on ne possède pas soi-même, ô doux miracle de nos mains vides ! »

Oui, le père Tellier et ses confrères étaient tous à leur manière des curés selon Bernanos, abbé Donissan, abbé Chevance, abbé Cénabre, abbé Tellier… Il y avait parmi eux des êtres ordinaires, des saints, des médiocres, des vaniteux, des colériques ; mais quand ils soulevaient l'hostie après avoir prononcé les paroles de consécration, c'était le Christ qui, par leurs mains, venait aux hommes.

Il lui fallait abandonner ce dîner pour

retourner au Christ. Se convertir. Étymologiquement : opérer un tournant radical. Faire sa révolution.

Il était pécheur, ni plus ni moins que ceux qu'il accompagnait et confessait. Ce point-là ne l'inquiétait pas. Le péché, c'est le pendant de la sainteté, impossible d'accéder à celle-ci sans avoir connu celui-là. Ce qui l'excédait, c'était sa pente actuelle, cette façon de s'accommoder de sa médiocrité.

Il ouvrit son bréviaire, trop longtemps négligé :

Sois le rocher qui m'abrite,
la maison fortifiée qui me sauve.
Ma forteresse et mon roc, c'est toi :
pour l'honneur de ton nom, tu me guides et me conduis...

Le psaume 30 lui vint aux lèvres. Le rocher qui m'abrite. Comme dans un flash, il se revit sur un sentier d'Algérie, tapi, la joue collée à la pierre. Il avait attendu la mort ou le salut. Et du rocher protecteur était venu le salut, puisqu'il l'avait protégé des balles d'un tireur.

Le père Tellier téléphona à son évêque en demandant à le voir au plus vite. Monseigneur était un homme doux et bon, aux manières onctueuses. Certes, pas un prophète appelé à conduire son peuple vers l'autre rive de la mer Rouge par son verbe et sa fougue, mais un professeur, un intellectuel fin, timide, qui à tout préférait l'étude. Sa spécialité : l'œuvre de Basile de Césarée. Mais rendons-lui justice, son érudition ne l'empêchait nullement d'être un père pour ses prêtres, bienveillant et attentif à chacun. Il habitait dans un grand hôtel particulier à l'autre bout de la ville, une magnifique bâtisse dont l'austérité frappait à chaque visite. Pièces vides, murs nus, était-ce le vœu de monseigneur ? À moins que l'Église n'ait plus les moyens d'entretenir et de meubler pareil joyau de l'architecture classique ? Quoi qu'il en soit, ce lieu à la fois grandiose et austère convenait bien au tempérament de son occupant. Son bureau était à peine plus meublé. Au mur, une grande bibliothèque conservait les livres de sa chère patristique.

— Tu veux quitter Saint-Martin ? Il y a un problème ?

— Oui : moi.

L'évêque avait froncé les sourcils. Sa voix douce et souffrante émouvait Georges à chaque mot.

— Que t'arrive-t-il ?

— Monseigneur, tout le monde m'aime à la paroisse, je suis très souvent invité à dîner dans les familles.

— Et alors ? C'est très bien…

— Pas sûr : suis-je encore un signe de contradiction autour de moi ? Si c'était le cas, je devrais être impopulaire, contesté, critiqué parce que je dérange.

— Attention à l'orgueil, Georges. Tu dois

accepter une certaine quotidienneté de ton ministère.

— Je m'habitue à Saint-Martin, monseigneur, je prends mes aises, je transige.

— Avec quoi ? Tu célèbres la messe tous les jours ?

— Vous savez bien qu'il y a moyen de la dire machinalement, sans y être…

— *Ecclesia supplet*, l'Église supplée. S'il fallait des êtres parfaits pour l'Eucharistie, il n'y aurait pas eu beaucoup de messes depuis l'institution de la Cène. L'important est que tu tiennes bon sur l'essentiel, Georges.

— Qu'est-ce qu'on appelle l'essentiel ?… Le célibat, la pauvreté ou la sainteté ?

Monseigneur avait souri. Des saints, on n'en rencontrait pas beaucoup au cours d'une vie d'homme. Mais il lui plaisait que Georges proclamât ouvertement qu'il aspirait à cet état.

— Raconte-moi plutôt ce qu'il t'arrive.

XXV

Hicham Boulaïd doit-il faire la *hijrah* pour accomplir la volonté d'Allah ? Rejoindre le Shâm pour combattre ? À la mosquée, beaucoup d'hommes à qui il en a discrètement parlé l'ont regardé, interloqués : « Sois d'abord un bon croyant qui prie et fait la *zakat.* » « Ton djihad doit être une exigence personnelle. » Décidément, Mokhtar a raison, rien de bon ne peut sortir des mosquées françaises : toutes pourries de mécréance. Alors, il s'est mis à naviguer sur *sunna.com.*, *jihadology.net*, *inspire*, *faistahijra.com.* Portails, magazines en ligne, quand on cherche, on trouve de quoi s'informer, comment s'organiser. Il y a tous les détails pour rejoindre une filière, passer la frontière près d'Antioche et gagner Alep ; Hicham a même identifié un groupe de combattants marocains qui recrute : Harakat Shâm al-Islam. D'autres sites proposent une kalachnikov, livrée par Colissimo, en pièces détachées.

Jihadology.net explique que les bombes des

Occidentaux sont un crime et une lâcheté : le pilote lâche ses engins de mort en restant hors de portée des armes de l'adversaire. Les drones aussi sont des procédés criminels. Celui qui appuie sur le bouton tue, bien à l'abri d'un bureau de Virginie ou de Floride, a-t-il conscience de ce qu'il fait ? Se représente-t-il seulement les conséquences de cette pression du doigt ? Hicham n'y a jamais réfléchi : pendant des millénaires, la guerre a été un corps-à-corps où celui qui tuait courait le risque à peu près égal d'être tué. C'est cet équilibre qui la rendait acceptable, la justifiait. La technologie a tout bouleversé. La guerre est devenue asymétrique, comme disent les experts. Il a compris. En bombardant la Syrie, les Occidentaux se rendent coupables d'un crime qui appelle la vengeance. Allah les châtiera.

Comment entrer en contact avec d'autres frères ? Hicham a regardé sur Facebook les commentaires aux articles postés consacrés à l'attentat du Bataclan, à la guerre en Syrie. « Ils l'ont cherché », « Allah ne veut pas ça », « La musique US c'est le diable », « Arrête ton délire ». Il a envoyé un message à un certain Abou Baker qui a posté un commentaire : « Les frères ont besoin d'aide. Contactez-moi. »

« T'es sur quelle région ?

— Grand Est. Toi ?

— T'as un plan pour le Shâm ?

— On s'en parle sur Telegram. »

Hicham s'est inscrit et a retrouvé Abou Baker.

« C'est chaud actuellement. Les Turcs ont

arrêté un frère la semaine dernière, à la frontière.

— On peut quand même essayer ?

— Non, même pas dans tes rêves. C'est mort. »

Sur le conseil d'Abou Baker, Hicham a rejoint sur Telegram un groupe dénommé « Sabre d'or » animé par un certain Wallid. Il y discute avec DaouD96 qui lui dit qu'il a visionné des vidéos où des Français témoignent : ce qui arrive était écrit.

« Ça te dit de tenter qqch en France ?

— Qqch ?

— Un gros coup.

— Chaud. »

Syrie, France, qu'importe, Hicham veut mourir en chahid : l'index levé vers le ciel, en signe de victoire.

Qui d'Hicham ou de DaouD96 a parlé le premier d'attaquer une église ? Depuis la guerre en Irak, la croisade a repris. Il faut réagir. Les chrétiens vont payer. Hier Wallid a expliqué : « Tu comprends, tuer des chrétiens dans une église, ça va vénère grave. Il y aura des actes de vengeance contre les musulmans – ça fera des nouveaux chahids pour Allah. Le Front national gagnera les élections, il fera des lois contre l'islam. On se révoltera. Ça va foutre le bordel, et le bordel en France, c'est bon pour nous.

— Une attaque dans une église, comme en Égypte !

— Ok, en pleine messe. Ça va faire du bruit, ça. »

Le lendemain, Daoud a appelé Hicham : il est

allé dans une église de sa ville, il a noté les horaires de messe.

« On rafale et on s'en va.

— T'as le matos pour ça ?

— Non. J'ai repéré une kalach à trois cents euros mais j'ai pas envie de me faire choper.

— Comment on fait alors ?

— Au couteau. Plus simple.

— On fait ça quand ?

— Cette semaine. Mes darons sont pas là. Ramène-toi.

— T'habites où ?

— Brandes.

— Ok. »

XXVI

Georges avait quitté la paroisse Saint-Martin et il était devenu l'aumônier d'une maison de soins palliatifs à l'autre bout du diocèse. À La Source, les malades incurables finissaient leur vie. On leur prodiguait des traitements pour qu'ils ne souffrent pas, et surtout de l'attention, de la douceur jusqu'à leur mort. L'évêque l'avait averti :

— Je te préviens, Georges, c'est décapant.

— C'est ce dont j'ai besoin, monseigneur : être décapé.

Monseigneur n'avait pas menti. À La Source, le rôle de l'aumônier consistait essentiellement à conférer le sacrement des malades à des gens qui vivaient leurs derniers jours, voire leurs dernières heures. Certains n'y passaient pas vingt-quatre heures. Le ministère de Georges n'avait plus rien à voir avec une paroisse, et son lot d'événements heureux ou tristes : ici, pas de baptêmes, pas de mariages, pas de premières communions, rien de la vie dans toute sa variété. Simplement, l'humanité rendue à ses limites, et à son terme.

Plus implacable encore : l'aumônier ne jouissait pas de la reconnaissance d'une communauté. Ses ouailles étaient malades, certains à peine conscients, qui acquiesçaient à ses paroles parfois d'un simple mouvement de la tête, d'une pression de la main sur son bras. Cependant, plus que quiconque, ils attendaient tout de lui. Tout. À l'instar des enfants, ils s'en remettaient à ses paroles.

« Parlez-leur toujours, mon père, lui avait dit la directrice qui l'avait reçu le premier jour. Parlez-leur sans cesse, ne vous demandez pas ce qu'ils entendent, ce qu'ils comprennent. On ne sait jamais très bien ce qu'un malade perçoit… Alors n'hésitez pas, parlez… »

Georges avait immédiatement aimé ce ministère. Il avait eu la révélation de sa nécessité quelques semaines après son arrivée. Il se tenait près du lit d'un malade. Lui debout, l'autre couché, tous les deux formant une croix dont il était la partie verticale, celle qui menait au ciel. C'était là sa mission.

Les êtres qu'il rencontrait étaient tous dans la vérité, les malades comme leurs proches : au seuil de la mort, plus rien de mondain ne demeurait. Aucun faux-semblant, aucune pose n'était possible. Les paroles qu'il prononçait devant les agonisants étaient un écho de ce qu'ils s'apprêtaient à connaître : *Si vous êtes vivant, par cette Onction sainte, que le Seigneur, en sa grande bonté, vous réconforte par la grâce de l'Esprit saint…*

— Père, est-ce qu'il y a quelque chose après ?

La femme avait fini sa phrase dans un souffle.

Georges la regardait. Son visage émacié formait un terrible contraste avec le portrait qu'il voyait dans un cadre posé sur la table de chevet. La maladie avait accompli son œuvre de désastre. Et d'une jolie femme avait fait cet être aux yeux brillants, dont les os apparaissaient sous la peau. Georges lui tenait la main. La voix était faible, rauque.

— Qu'est-ce qu'il y a après ?... Vous êtes sûr ?

Non, il n'en était pas « sûr ». Cela ne l'empêchait pas de croire de tout son être à la vie éternelle, parce que, il y a deux mille ans, sur la croix, un charpentier de Galilée nommé Jésus, qui se proclamait Fils de Dieu, l'avait promise à son voisin de supplice. Sur la foi de cette promesse, des hommes et des femmes s'étaient engagés à sa suite ; parfois jusqu'au sacrifice ultime. Ils étaient morts pour Lui. Pour L'imiter au plus près. Ceux que Georges accompagnait à La Source ne mourraient pas pour Lui, ni pour personne. Immobilisés, une sonde fixée dans le bras, ils arrivaient au terme de leur existence ordinaire, avec son poids de petits bonheurs et de petits chagrins, et tout à coup ils s'interrogeaient sur le sens de ce mystérieux séjour qui avait duré quelques décennies, forcément trop courtes, et ce qui allait suivre. À quoi avait servi cette parenthèse, qui les avait conduits en quelques années de la naissance à la mort ? « J'entre dans la vie avec la loi d'en sortir », écrivait Bossuet... Leur existence avait pu être modeste ou, au contraire dense, prestigieuse, elle se terminait dans cette chambre, réduite à quelques photos au mur. Avait-elle obéi à un dessein ? Quel sens tout cela avait-il ?

Sur son lit de souffrance, la femme attendait une réponse, elle l'espérait et Georges lisait dans ses yeux son attente, son espoir. À La Source, sa parole était justifiée plus sûrement que partout ailleurs. Au catéchisme, les enfants entendaient parler de la mort et de la résurrection, comme d'une belle histoire lointaine : ils auraient la suite de leurs jours pour y penser. La vie était devant eux. Ici, tout ce que disait Georges prenait une gravité exceptionnelle. Ses mots devaient être vrais.

— Alors, c'est la fin pour moi ?

Il répondit par un sourire compatissant : oui, enfin non, ce n'était pas la fin. C'était le début, peut-être même le vrai commencement. Tout ce qui avait précédé, ces jours terrestres, n'était que les fondations.

— Dites-moi la vérité…

La vérité ! À quel moment prononçait-on ce mot ? Ah, comme il admirait cette femme qui refusait de tricher. Les artifices, les périphrases, les euphémismes, c'était bon pour le temps de l'insouciance. À l'orée de la mort, il en allait tout différemment. Elle poursuivait, de sa voix éraillée. Il sentait la chaleur de sa main dans la sienne.

— Vous croyez vraiment que Dieu est devenu un homme ? Et pourquoi là-bas, dans un coin de Palestine, il y a deux mille ans ?

Et puis aussi :

— Pourquoi permet-il le mal ?

La seule question qui vaille… Georges se taisait.

— Moi j'ai vécu ce qu'il fallait. Maintenant je souffre trop, il faut que ça s'arrête. Mais le minot qui est arrivé hier dans l'unité pédiatrique, vous l'avez vu, mon père ? C'est injuste. Le pauvre, il a gémi toute la nuit dernière. On l'entendait d'ici. Dieu, il ne peut pas accepter ça ? Il fait quoi ?

Georges gardait le silence, se contentant de hocher la tête. Lui aussi avait eu le cœur retourné en allant visiter ce garçon, presque un enfant encore, sans cheveux, dont seuls les yeux disaient qu'il était en vie. Oui c'était injuste, songeait-il, comme l'avait été la mort du Christ. Il était allé lui rendre visite le matin même. L'infirmière lui avait glissé dans le couloir : « Il s'appelle Morgan. Son séjour ici ne sera pas long… »

Devant le jeune corps chétif, au sourire pâle et résigné, entouré de ses parents qui lui tenaient la main, les larmes lui étaient venues. Quel âge avait-il ? Dix-sept ans, disait sa fiche, il en paraissait quatorze, treize, même, tant la maladie l'avait amaigri. Oui, la souffrance d'un enfant était un scandale. Peut-être le seul, peut-être le plus grand. Georges avait tracé une croix sur son front. Aucun son ne pouvait sortir de ses lèvres. Dans cette situation extrême, son ministère était celui du silence. Les mots lui semblaient creux, alors il se contentait de réciter intérieurement une prière dont les termes aussi lui paraissaient insuffisants. Au fond, il aurait voulu hurler, crier sa révolte, à la vue de ce petit être qui allait entrer en agonie. *Que Ta volonté soit faite…*

Le lendemain, il s'était réveillé à l'aube et sa première pensée avait été pour Morgan. Était-il encore en vie ? Quand l'infirmière était venue à sa rencontre, il s'était précipité dans l'unité pédiatrique.

— Mon père, il est en train de partir…

Georges était entré dans la chambre, et les parents avaient levé sur lui leurs yeux rougis par la fatigue et les larmes. Ils avaient passé la nuit sur des matelas. Georges s'était agenouillé devant le corps frêle et décharné dont sortait un souffle rauque, haletant. L'organisme menait un dernier combat, perdu d'avance. Il avait posé la main sur le drap, en signe de bénédiction, et prononcé le rituel : *Que l'amour de Dieu vienne à son secours et que l'Onction sainte le fortifie dans son passage vers le Père.* Il entendait les pleurs du père et de la mère, dans le calme du jour qui se levait. La ville était sur le point de se réveiller, comme tous les jours. Les allées et venues à La Source reprendraient. Chambre 18, un enfant se mourait. De nouveaux malades allaient arriver. Pour les parents de Morgan, cette mort imminente ouvrait un gouffre que rien ne pourrait jamais combler. Sa mère surtout ; il y a dix-huit ans, elle l'avait porté en elle, ils n'avaient fait qu'un. Après le premier arrachement de la naissance, en venait un autre, celui de la mort.

Une image s'était imposée à lui à la vue de

cette femme au visage creusé par le chagrin : la Pietà, représentation familière des églises et des musées. Une église du diocèse en possédait une, grandeur nature, spectaculaire. En apparence, une mère portait son fils. Pour un chrétien, c'était l'inverse ; par un incroyable renversement, le Fils portait sa Mère. Et sa foi soufflait à Georges qu'il portait toutes les mères dans la douleur. Comment le dire à celle qui, les larmes aux yeux, caressait le front de son enfant mourant ? C'était ça, la radicalité de son ministère annoncée par l'évêque. Il n'avait pas de mots assez forts pour endiguer la violence de cette réalité. Son action ne portait pas de fruits visibles ; à cet instant tragique, suspendu, il n'était qu'un homme, vêtu d'une simple étole pour le distinguer des autres, agenouillé à côté de ceux qui ployaient sous le fardeau, ployant avec eux, pleurant avec eux, priant pour eux. Afin que Dieu prenne en charge la souffrance d'une femme.

XXVII

Frédéric Nguyen est assis dans le canapé. Allongé serait plus juste. Il a les pieds sur la table basse encombrée de magazines. Il décompresse, la télécommande à la main. Audrey est à côté de lui. Leurs épaules et leurs hanches se touchent. Il somnole, quand son amie le secoue d'un coup d'épaule :

— Incroyable, cette histoire de burkini !

— Encore, on ne parle que de ça depuis une semaine.

Il sursaute et monte le son de la télévision.

« C'est vraiment nécessaire pour elle de se couvrir pour se baigner ?

— Oui, l'islam demande à la femme de respecter la 'awra et de couvrir son corps. Ça lui permet d'être libre.

— Libre ? Qu'entendez-vous par libre ?

— Grâce à ces tenues, elle échappe au regard des hommes. »

Le reportage montre les divers modèles de burkinis proposés par des marques, toutes « *muslim friendly* », comme le répète la vendeuse du magasin.

— On dirait des femmes-grenouilles, commente Audrey.

— Remarque, elles ne sont pas moches ; regarde celle-ci.

À l'antenne passent des images de mannequins sveltes et souriants revêtus de tenues rose et noir, ou vert d'eau et bleu.

— Tu voudrais t'y mettre ? Je peux t'en offrir un.

Frédéric évite la bourrade en riant.

— Je crois que je préfère m'occuper de voyous et de terros. C'est plus facile à gérer qu'une femme en colère.

Le journaliste explique qu'au gré des arrêtés pris par les municipalités, la police intervient sur les plages pour demander aux porteuses de burkini et de jilbeb d'ôter leur tenue, ou de quitter les lieux.

— Eh bé, les collègues, ils vont avoir du travail, lance Frédéric.

En théorie, intervenir auprès d'une femme voilée ou en burkini, c'est simple : la loi ou le règlement doivent être appliqués par tout le monde. Dans les faits… le mari, la famille s'en mêlent ; le ton monte ; à l'esprit français – « Arrêtez de nous emmerder », « Vous n'avez rien d'autre à faire ? » – s'ajoutent les remarques acerbes du croyant outragé. Liberté, liberté chérie…

Frédéric s'interroge : ce burkini, est-ce légal, illégal ? En tout cas, ce n'est pas pour arpenter les plages et emmerder les gens qu'il est entré dans la police. Ça, c'est drôle dans *Le Gendarme de Saint-Tropez.*

Heureusement, la chasse au burkini ne relève pas des attributions de la BRI.

Il est heureux. Quelques mois plus tôt, il a accueilli dans son équipe un nouveau membre, le brigadier Frank Guiraut. Un colosse aux yeux clairs. Quand il l'a reçu la première fois, il avait devant lui une fiche. Elle contenait la relation d'un épisode confus : une nuit de printemps, une équipe de la BAC circule dans Paris quand elle est mise en alerte : une voiture roule à vive allure et zigzague dans les rues du Xe arrondissement. Appel à toutes les voitures ! Guiraut est le premier à approcher le chauffard, qui prend aussitôt la fuite. Il est 3 heures, les axes de la capitale sont dégagés. Une poursuite commence sur les boulevards, puis sur le périphérique ; des patrouilles se joignent à la BAC. Le chauffard accélère, freine, multiplie les coups de volant pour semer ses poursuivants. Les policiers font feu sur les pneus. En vain, le rodéo semble ne jamais devoir finir. Enfin, sur une bretelle de sortie, la voiture se retrouve bloquée. Le conducteur tente encore une marche arrière, avant de caler. Il est extirpé de l'habitacle, se débat. Guiraut s'approche et lui assène un coup pour l'immobiliser. La course aura duré une demi-heure, l'arrestation quelques minutes. L'homme est défavorablement connu des services de police. Une procédure est ouverte pour « mise en danger de la vie d'autrui, rébellion, coups et blessures ». Placé en garde à vue, il est conduit à l'unité médico-judiciaire où les médecins diagnostiquent un nez cassé et des hématomes sur le visage et les jambes. Il porte plainte. L'IGS, la police des polices, est saisie de l'affaire. Le brigadier Guiraut est interrogé :

« Comment expliquez-vous que le médecin lui ait prescrit une interruption temporaire de travail de sept jours ?

— Je n'en sais rien, mais je ne crois pas que le travail tienne une grande importance dans sa vie. »

Cet humour a été mal perçu par les fonctionnaires de la police des polices. Les sanctions sont tombées : quatre mois de suspension, avec toutefois maintien de son traitement.

Frédéric a relevé le nez de la fiche. Voici donc l'homme que Paris lui a envoyé. Depuis, Guiraut est retourné en commissariat, mais sans porter ni arme ni tenue. À son poste, il n'a pas de contact avec le public. Le temps est venu de le remettre en selle.

Frédéric a besoin d'avoir une confiance absolue en tous ses hommes. La réussite de l'équipe, la vie de chacun en dépendent. Frédéric lui montre la fiche et la déchire devant lui :

— Ok. Guiraut, on oublie tout ça, mais, à partir de maintenant, tu traverses dans les clous…

— Juré, capitaine.

Sa première sortie fut une interpellation. À l'heure du laitier, la BRI procéda à l'arrestation d'un homme soupçonné de liens avec le terrorisme islamiste. Sa dangerosité était encore incertaine mais, dans le climat agité du moment, la décision avait été prise de le circonvenir. Un peu avant 6 heures, l'équipe était au pied d'une tour dans une cité à la périphérie de la ville. Tout était calme. En cette chaude saison, les habitants s'étaient endormis tard. Et il était trop tôt pour que les plus matinaux se lèvent. Deuxième étage, porte gauche, les policiers connaissent par cœur l'immeuble et même l'appartement, l'emplacement des chambres. Le bailleur leur a fourni des plans, sur demande du juge. Quelques secondes ont suffi pour enfoncer la porte, pénétrer dans le domicile et s'annoncer en criant : « Police ! »

Invariablement, répondent les hurlements des occupants, qu'ils soient de crainte, de protestation ou de diversion. Affolés, les enfants prennent le relais. S'ensuit une belle cacophonie.

Sans surprise, leurs premiers interlocuteurs furent deux femmes, l'une en nuisette, l'autre plus âgée en robe de chambre. La première s'était levée pour les enfants, la seconde devait déjà s'affairer à la cuisine. Durant l'interpellation, Frédéric a observé Guiraut que la plus jeune avait attrapé par la manche. Elle lui parlait à quelques centimètres, comme si elle allait lui cracher au visage. Était-ce le calme du policier, son léger sourire, elle tempêtait, clamant leur innocence. Théâtrale ou indignée ? La violence la possédait. Elle secouait le bras du robuste policier, impassible.

— Lâche-moi, connard…

— Tout doux, ma belle…

— Qu'est-ce que vous nous voulez ?…

Guiraut s'est dégagé fermement mais sans s'emporter. Il se contient, parle avec calme.

— Ici, ma belle, ce n'est pas la loi du Far West, c'est celle de la République.

— Je ne suis pas ta belle, enculé…

Frank Guiraut n'a pas eu le temps de répondre. Des cris leur sont parvenus de l'autre bout de l'appartement. L'homme a tenté de s'échapper par les balcons. Ceinturé, il a été menotté et embarqué sous bonne escorte. En procédant à une fouille méthodique, les policiers ont retrouvé dans la chambre d'enfant, semblable à toutes les autres, une kalachnikov entourée de chiffons cachée sous le lit, au milieu du désordre des jeux, et en haut de l'armoire derrière des peluches une boîte de cartouches fermée par un simple élastique. Dans la cuisine, deux bouteilles de gaz et, dans le buffet, parmi des couverts et des ustensiles, deux détonateurs. La femme la plus âgée s'est justifiée :

— Mon fils est prévoyant. C'est pour le cas où on manquerait de gaz.

— Et ça ?

Un policier montrait l'arme…

— Un ami à lui qui lui a demandé de la garder. C'est un chasseur.

— Il chasse au détonateur ?

— Ça, je ne sais pas ce que c'est. Il… Il bricole.

— Fiston a le bricolage douteux, a simplement commenté Guiraut, tandis que l'équipe évacuait l'appartement, laissant la place à leurs collègues chargés de l'enquête, qui effectueraient une perquisition en bonne et due forme.

Frédéric avait apprécié sa conduite. Rien de ce qui s'était déroulé n'avait semblé surprendre ni inquiéter Guiraut. Il ne transpirait pas, ne laissait prise ni à l'émotion ni à la peur. Les forcenés, les dealers étaient apparemment le commun de son existence. Le capitaine Nguyen avait deviné en Guiraut un tempérament qui s'accordait assez avec le sien.

Son physique a désigné le nouveau venu comme tête de colonne : maintenant il est celui qui porte le « bouclar », un lourd bouclier de protection, et donne les premières informations sur ce qu'il voit. Son rôle est précieux.

L'interrogatoire de l'homme et des deux femmes à l'hôtel de police a été âpre. Leur résolution a frappé Frédéric. Ce n'était pas le courage hautain des caïds, ni la morgue insupportable des petites frappes. C'était autre chose. Une assurance venue d'ailleurs, d'une certitude, d'une foi : l'homme travaille dans un kebab ; enfin pas pour le moment, il s'apprête à faire le *hajj*, le grand pèlerinage. « Je suis un bon musulman, monsieur l'officier. » Il ponctue toutes ses réponses d'un « *Hamdulillah* », Dieu merci, ou « *Starfallah* », Dieu me pardonne. Nguyen sait surtout qu'il est en lien avec plusieurs individus dangereux du département. L'arme ? Il maintient son alibi : un ami chasseur qui... Intelligent, quoiqu'un peu cauteleux, il donne des réponses précises, fermées. Son ton est inébranlable. Son ordinateur et son téléphone portable diront ce qu'il refuse de reconnaître : ses relations compromettantes et ses projets.

Le capitaine Nguyen relit sa déclaration, elle est truffée de références à l'islam. C'est si éloigné de lui. Frédéric n'est pas croyant. Le bouddhisme, le culte des ancêtres de ses grands-parents, tout ça s'est dilué avec les générations, comme si leur foi était restée au Vietnam, avec les temples et les cimetières. L'intégration en France fut peut-être à ce prix. Il a été éduqué avec des « valeurs » – c'était le terme qu'affectionnait Bui. Tolérance, liberté, égalité, ces mots lui paraissaient suffisants pour qu'une société soit vivable. Il n'aurait jamais imaginé qu'au pays de Voltaire et Clemenceau, une religion puisse un jour édicter haut et fort des préceptes, et surtout imposer des comportements, un habillement. Pis, il n'aurait jamais pensé que le pays, tétanisé, s'y plierait. Au nom de la liberté, paradoxalement ; de la démocratie et tout le toutim.

Frédéric entend les commentateurs gloser à longueur de plateaux télé. Il n'est pas sociologue ni philosophe. Il entend parler de diversité, de « vivre-ensemble » ; pas évident que tout cela ait un sens. Ce dont il est sûr, c'est qu'en France quelque chose ne fonctionne plus. « Ça part en sucette », résume Audrey. Pourquoi l'islam prospère-t-il à ce point ? Qu'est-ce qui constitue l'essence de cette religion ? Désormais, elle fait vivre des millions de Français, et pour elle, certains acceptent même de mourir. Alors que ce serait si simple de profiter de la vie dans la région, du soleil qui, très tôt dans la saison, rend si agréables les terrasses du centre-ville, fait prospérer la vigne, chauffe l'océan et suscite en lui à chaque printemps une furieuse envie de se baigner.

XXVIII

Rien de plus simple que de s'inscrire sur Blablacar, le site de covoiturage. Hicham Boulaïd s'interroge. Faut-il qu'il donne son nom ? Ou un pseudo ? Qu'il achète un nouveau portable ou qu'il inscrive son vrai numéro ?

— Ça n'a pas d'importance, lui a dit DaouD96. On attaque et après, pfuitt…

Après l'attaque ? Hicham espère bien qu'il y aura une riposte : que les chrétiens s'en prendront aux musulmans. Bien fait pour eux, ils forment le troupeau des tièdes de l'islam *kouffarisé.* Ce sera l'occasion d'une prise de conscience : ils reviendront à la vraie foi. Hicham sait qu'il ne sera plus là pour voir ça, mais il jubile d'avance : à jamais il restera comme celui qui aura sonné le réveil de ses frères.

Il a trouvé une voiture pour le conduire à Brandes. Le conducteur : Jean-Marc, cinquante-trois ans. Voyagera aussi Mélanie, trente et un ans. Le trajet lui coûtera quarante-sept euros. Dans cinq heures, il sera chez Daoud.

À l'heure dite, Hicham est au point de rendez-vous fixé par Jean-Marc. Il a revêtu le maillot du Barça qu'il portait quand il était plus jeune. À son épaule un sac contenant des tee-shirts, des sous-vêtements, un déodorant, et, dissimulés dans des chaussettes, un couteau, du fil, des interrupteurs. Il est passé chez Mr Bricolage la veille. Jean-Marc a mis le sac dans le coffre. « Tu voyages léger, toi. » Chemisette de couleur vive, pantacourt et chaussures de sport, il est très cordial. Sur son profil Blablacar, il est d'ailleurs précisé qu'il est « blablabla » : plutôt causant. De fait, il bombarde ses passagers de questions :

— T'habites où, Hicham ? Tu fais quoi dans la vie ? Tu vas faire quoi à Brandes ? Vacances ? Boulot ? Et toi, Mélanie ?

Mélanie habite la région parisienne, elle est employée au service marketing d'une grande marque de surgelés, et va retrouver son ami sur la Côte. Elle est assise très droite, et regarde devant elle. Hicham lui fait peur. Elle en est sûre, il a feint de ne pas voir la main qu'elle lui a tendue en entrant dans la voiture. Et puis cette barbe… Jean-Marc a mis de la musique : « *Welcome to the Hotel California, Such a lovely place, Such a lovely face…* »

Hicham regarde le paysage par la fenêtre et répond laconiquement aux questions. Oui, il va voir un pote. Vacances, si on veut. Non, il ne connaît pas la région. La vérité c'est qu'il trouve cette convivialité factice. On voyage ensemble mais on ne va jamais se revoir. Basta. « *Last thing*

I remember, I was running for the door, I had to find the passage back to the place I was before... »

Il les écoute parler de leur travail, de leurs vacances. Il s'en fout, de leur petite vie de merde. Il les hait ; ils ne savent pas que bientôt ils verront son visage à la une du JT. Il sera connu. Comme Mohammed Merah. Il a gardé son bonnet qui dissimule un petit chignon : la coiffure du Prophète – glorifié soit Son Nom – quand il partait au combat. Jean-Marc, Mélanie, et avec eux le monde entier, sauront qu'Hicham Boulaïd s'est levé, pour la gloire d'Allah.

Il a retrouvé Daoud dans un bar du centre-ville de Brandes où ils s'étaient donné rendez-vous. « *Salam Aleikum.* » Il n'en revient pas : Daoud est un rebeu, mais pas une caillera. Malgré son apparence négligée, c'est un bourge. Ses vêtements le trahissent. Une *fraîcheur*, mais acquise à la cause. *Hamdulillah !*

— Mes darons sont partis en vacances, à Cassis.

— C'est où Cassis ?

— Sur la Côte. Un endroit de richous. Quand j'étais petit, je kiffais : ils m'achetaient tout le temps des glaces. Et puis, un jour, j'en ai eu marre. Sur ma vie, la plage, là-bas, c'est des terrasses de restaurants, et des touristes vautrés sur des matelas. Avec des belles meufs, genre russes. Le serveur qui leur apporte des cocktails et des olives c'est un Arabe. Forcément. C'est ça, la vie ? On est des larbins, bien propres et bien polis, qui, après le service, rentrent dans leur tèce ?

Hicham n'en revient pas. Chez Daoud, tout est impeccable. Il n'y a qu'à la télé qu'on voit un intérieur comme ça. Déco flambant neuve, canapés cuir en angle droit, écran plat géant ; dans la cuisine, la grande table est débarrassée, le carrelage luit, le grand réfrigérateur est rempli.

— C'est chill chez toi.

— Non, ça pue la mort.

Le lendemain matin, alors qu'ils prennent un café, Daoud ouvre un tiroir et lui montre les couteaux en céramique : « Y a pas plus tranchant. » Il a déjà tout préparé. Dans le garage, le scooter est prêt, avec deux casques.

— T'aimes la légalité, toi.

— M'embrouille pas. Tu veux qu'on se fasse choper par les flics en y allant ?

Sur son ordinateur, Daoud montre à Hicham le dernier message envoyé à Nadia Lecourt : il déclare qu'il agit au nom de Dawla et pour la gloire d'Allah, en haine de l'Occident et de sa politique en Syrie et en Irak. Copier-coller, Hicham fait à son tour allégeance ; la *bay'a,* c'est important. La réponse est immédiate.

« Allez, les frères. J'attends d'avoir de vos nouvelles sur BMF TV.

— Je te promets qu'on va faire la une du journal télé. »

XXIX

— Le Seigneur soit avec vous.
— Et avec votre esprit.

Daoud Berteau et Hicham Boulaïd sont entrés bruyamment, couvrant les voix de l'assistance. Le père Tellier n'a pas été surpris, cela arrive de plus en plus souvent que des visiteurs pénètrent dans l'église, par curiosité, simplement pour trouver un peu de fraîcheur, parlant fort, comme s'ils étaient dans un centre commercial ou un stade.

L'assemblée est maigre ; outre le célébrant, il y a là des religieuses d'une communauté voisine, assises au premier rang comme tous les jours. Un homme âgé et une femme plus jeune, Angèle.

Angèle vient tous les jours à la messe. Elle apporte à Saint-Michel des couleurs pimpantes, celles de sa Martinique natale. Ses vêtements, ses lèvres maquillées, son enthousiasme volontiers exubérant tranchent avec la sobriété un peu triste des autres paroissiens. Pour elle, la messe doit être une fête. « Ce sont des retrouvailles avec Jésus », a-t-elle un jour expliqué à Petite Sœur Agnès.

« Chez moi, on s'habille élégamment, on en ressort le cœur débordant d'allégresse. Et il faut que ça se voie ! »

Au fond, Angèle a raison : pourquoi, sitôt la messe finie, les chrétiens reprennent-ils des mines fermées ? L'effet du Christ ressuscité en eux est-il déjà dissipé, ou alors serait-ce que la grâce est inefficace ?

« Elle est la joie de l'Évangile », songe Petite Sœur Agnès. Sa piété, sa fidélité à Notre-Dame de Fatima sont exemplaires. Angèle fleurit la statue de l'église, sans jamais la négliger. L'entendre parler de la Vierge, c'est aussitôt comprendre ce que représente Marie pour l'humanité. Elle ne parlerait pas autrement de sa mère, restée aux Antilles.

André Mallet s'apprête à partir en vacances. Il a un train en fin d'après-midi qui le conduira chez sa sœur, comme tous les ans. Ce célibataire habite en face de l'église. Il est grand, mince, les cheveux blancs sur une peau burinée. Un beau vieillard légèrement voûté. Sa démarche est lente, maintenant, quand il monte à l'ambon, pour dire une lecture ou la prière universelle. Malgré les années, il est fidèle à la messe quotidienne qu'il sert aussi quand il n'y a pas d'enfant de chœur. « C'est Siméon qui vient au temple tous les jours », se dit Agnès chaque fois qu'elle le voit entrer dans l'église.

Sept personnes, une toute petite assemblée, très féminine, et plus très jeune : voilà les chrétiens du XXIe siècle dans une église de province au mois d'août. Petite Sœur Agnès s'était fait la réflexion : on est maintenant au cœur de l'été. Les paroissiens sont en vacances. Allons, le nombre ne change rien. Frère Charles célébrait la messe à Tamanrasset avec son esclave pour seule assistance. Le Christ a prévenu : *Si vous êtes deux ou trois réunis en mon nom…*

Petite Sœur Agnès est allée au-devant des deux garçons. Que veulent-ils, ces deux-là ? Ils semblent très excités. Un mauvais pressentiment l'envahit. Elle s'approche d'eux, ils la bousculent, elle est à terre. Ils se dirigent vers le père Tellier, à l'autel. Que lui veulent-ils ? Malgré la fatigue qui l'accable, surtout ces derniers jours avec la chaleur, il leur fait face, les regarde. Tous les deux sont jeunes, l'un a le visage parsemé de quelques poils, l'autre, plus âgé, porte une barbe plus fournie et un bonnet.

D'un geste, Hicham débarrasse l'autel du crucifix, des burettes, des coupes et du calice. Au bruit du métal à terre se mêle celui du verre brisé ; les linges sacrés, le corporal, le purificatoire gisent. Boulaïd vide le contenu des sacs, des couteaux, un livre, une caméra GoPro, une grenade, une ceinture, un rouleau de ruban adhésif. Il empoigne un couteau qu'il plante violemment dans le bois de l'autel.

Le père Tellier jette un œil vers le tabernacle. Il l'a fermé, il y a quelques minutes. La clé est dans sa poche. Au moins les Saintes Espèces sont-elles à l'abri des vandales.

Daoud se précipite à l'ambon à côté duquel un grand cierge est dressé. Le cierge pascal, signe de la lumière de Pâques. Il l'empoigne comme un gourdin et le fracasse contre les marches, au pied de l'autel. Les fleurs disposées au pied se répandent. Sur le pupitre est posé l'évangéliaire, encore ouvert à la lecture du jour. Le prêtre a lu, il y a quelques minutes à peine : *Le Fils de l'homme enverra ses anges et ils enlèveront de Son Royaume toutes les causes de chute et ceux qui font le mal.* Le livre est jeté à terre. Du pied, Daoud l'envoie valser à plusieurs mètres.

Il se retourne vers l'assistance qu'il balaie du regard. Sept personnes. « Tiens, j'aurais pensé qu'il y aurait plus de monde. »

La salle de prière ne désemplit pas, même en août. C'est une preuve supplémentaire de la supériorité de l'islam : les fidèles lui sont vraiment fidèles. Où sont les koufrs à cette heure ? À la plage ? Encore au lit ? On voit bien que ça ne les intéresse pas. Le christianisme, une religion de perdants. Et de femmes. Elles ont toujours eu la tripe compatissante. Combien sont-elles ? Six, plus un vieux et un curé sans âge. Tout est vermoulu, prêt à s'effondrer. L'heure vient où la vraie foi va tout balayer.

Il aurait aimé une église plus fournie. Pas forcément autant de monde qu'au Bataclan ; là-bas, les frères étaient nombreux. Ici, ce n'est pas le nombre qui sera important, c'est le lieu. L'attaque d'une église en France sera une première. D'habitude, c'est en Égypte, en Turquie, en Syrie. Oui, une première !

Le père Tellier observe les deux garçons. Leur barbe ne parvient pas à dissimuler leur âge. Au contraire. Ce sont des gosses, pas tellement plus âgés que ceux qu'il rencontre à l'aumônerie du lycée ; pas différents non plus des jeunes réunis actuellement aux JMJ ; ce sont les mêmes, avec les mêmes questions, les mêmes angoisses, les mêmes incertitudes. Peut-être les mêmes révoltes.

Les connaît-il ? Les aurait-il croisés dans le quartier ? C'est possible ? La population a tellement changé ces dernières années ; à l'œil nu : les musulmans qui s'installent gardent souvent leurs habits traditionnels – la mondialisation qui dicte au monde entier un code vestimentaire, jean et tee-shirt, s'arrête aux portes de l'islam. Seule concession, les jeunes comme ceux qui sont en face de lui portent des chaussures de sport de marque sous leur qamis : ils sont souvent les plus virulents contre la modernité ; la contradiction ne les dérange pas.

La communauté musulmane de Brandes, le père Tellier la connaît peu, à la vérité. À l'Aïd el-Kabir et l'Aïd el-Fitr, il écrit à l'imam pour l'assurer de ses prières ; il commence toujours sa lettre par « Au nom de Dieu qui est le Puissant, le Miséricordieux » – ces qualificatifs, le christianisme et l'islam les ont en commun. Chaque fois, l'imam le remercie courtoisement. Il ne lui écrit pas pour autant à Noël, ou à Pâques. Quand ils se croisent aux vœux du maire, ils se saluent. Il est cordial, se dit Georges chaque année, mais pas liant : comme s'il n'avait besoin de personne. Sa communauté lui suffit. Il paraît d'ailleurs qu'il vient de changer.

Le père Tellier sait que Petite Sœur Agnès a essayé aussi de faire connaissance avec des femmes du quartier. Elle lui a parlé d'une certaine Zaya, ou Zayane. Elle sympathise avec elles, les aide dans leurs démarches administratives. Mais ça ne va guère plus loin.

Daoud l'interpelle :

— Nous venons venger nos frères persécutés. Partout : en Irak, en Palestine. Et en Algérie. C'est l'heure des comptes maintenant…

— En Algérie ?

Georges a relevé, il parle d'une voix qu'il essaie de garder calme.

— Tu es trop jeune pour avoir connu cette époque…

— Vous avez torturé nos frères.

— Je n'ai torturé personne, j'étais instit…

— Je m'en fous de ta vie. Les Français ont torturé.

— C'était la guerre. C'est toujours affreux, la guerre.

Peut-il, ce gosse de la France du XXIe siècle, se représenter ce qu'était la vie en Algérie en 1960 ? Tout n'était pas rose, mais le pays se transformait à l'œil nu. La conquête de 1830 ? Bugeaud ? Mais l'invasion par les Romains, ou par les Arabes, fut-elle pacifique ? La violence, c'est le lot de l'histoire de l'humanité.

— J'étais instit… Je leur apprenais le français, l'histoire…

— Tu leur apprenais quoi ? « Nos ancêtres, les Gaulois » et toute cette merde…

— Non ! C'est faux !

Le mot a jailli, venant de loin. Georges les a aimés, ces enfants.

Hicham Boulaïd parcourt nerveusement la nef aux murs peints blanc crème ornés d'un chemin de croix tout simple. Il balaie les lieux du regard. Il imagine l'endroit transformé en mosquée : plus de chaises ni de bancs, mais un sol recouvert de tapis, un mihrab, un minbar, la *dikka* et le *kursi.* Pour le moment, elle est ornée de statues en plâtre qu'il trouve moches. Sur le côté, il y en a une, en bois. Il s'approche, intrigué par les fleurs, en nombre, à ses pieds. Dans une corbeille, des papiers pliés. Il lit sur une plaque : *Notre-Dame de Fatima, priez pour nous.*

— Fatima ? C'est qui Fatima ?

— C'est le nom d'un village du Portugal… où Marie est apparue à des enfants.

C'est Petite Sœur Agnès qui a répondu.

— Fatima c'est le nom de la fille du Prophète. *Bismillah,* lui lance Hicham.

— Peut-être que ça a un rapport… Fatima était une jeune convertie, et…

— Blasphème !

Il est hors de lui, soudain. Il se précipite sur elle :

— Tu vas filmer !

Boulaïd prend Agnès par le bras avec rudesse, et lui tend son portable. Elle trébuche, tétanisée, fébrile, incapable de se servir de l'appareil. Il l'allume et le lui rend.

— Filme !

Puis il renverse de son socle la statue de bois qui tombe à terre dans un fracas. Il y plante plusieurs fois un couteau, avec une telle énergie qu'au dernier coup, il peine à dégager la lame.

— T'as filmé ? Montre !

Hicham regarde la vidéo. C'est mal cadré, flou, mais spectaculaire. Il pianote sur l'écran, sélectionne, et poste la vidéo sur Telegram, Facebook et Twitter, accompagnée d'un message lapidaire : « Allah Akbar ». Le monde entier doit savoir que Dieu est grand.

Daoud s'approche de Petite Sœur Agnès. Il pointe son couteau vers sa poitrine, juste sur la croix qu'elle porte. Elle frémit. Il lui lance :

— Est-ce que tu as peur de la mort ?

Il savoure l'instant. Il tient une vie à sa merci. Un geste, et c'est fini. Quelle puissance ! Daoud se souvient des mots de Wallid : « Entraîne-toi avec un chat ou un lapin… » Elle sent la lame piquer son vêtement, elle ferme les yeux.

— Tu as peur…

— Non : je crois en Dieu et en son fils Jésus-Christ. Si je meurs, il m'a promis que je serai heureuse auprès de lui. Et… Et toi… tu as peur de la mort ?

— Le Paradis est réservé aux vrais croyants. Pas aux polythéistes.

— Les chrétiens ne croient qu'en un seul Dieu…

— Et Jésus, et Marie. Ça fait trois… Vous êtes des polythéistes.

— Jésus est Fils de Dieu. Il est Dieu aussi.

— Ça se peut pas.

— Rien ne lui est impossible, s'il est le Tout-Puissant. C'est un des noms que vous lui donnez, n'est-ce pas ? Al-Rahman, al-Rahim, al-Aziz… le Tout-Puissant…

— Tu connais le Coran ?

— Je sais qu'il y est dit que les croyants respectent les autres croyants. C'est un livre de paix…

— Il ne peut pas y avoir de paix tant que nos frères souffrent.

André Mallet intervient. L'indignation lui a rendu de l'énergie. Il élève la voix, il veut essayer de leur en imposer.

— Si vos mères vous voyaient… Vous avez pensé à elles ?…

— Ma mère…

Daoud s'est retourné vers lui, brusquement. Le visage de Laure est passé devant ses yeux, il l'a aussitôt chassé. Salima ? Pour lui elle n'a pas de visage ; il ne peut pas mettre des traits précis sur ce mot « ma mère ». Il gronde :

— Qu'est-ce que tu dis, toi ? Tu parles de ma mère ?…

Il a saisi André par le col. Celui-ci fait un geste brusque pour se dégager, comme par réflexe. Surpris, Daoud lui enfonce son couteau dans le cou. « Comme dans du beurre », Wallid avait raison. Il se redresse. Son acte l'a fortifié.

André s'est écroulé. Du sang chaud s'écoule sous ses doigts. Il a spontanément porté la main à son cou, et appuie comme il peut pour retenir le sang. Juguler l'artère. Se mettre en PLS. Un vieux souvenir de secourisme. Il ne bouge plus, et répète : « Mon Père, je m'abandonne à toi, fais de moi ce qu'il te plaira. » C'est une prière qu'il a récitée cent fois, mais sans jamais en évaluer la portée.

C'est l'effroi, les femmes crient. Elles se serrent sur leur banc, ne quittant pas des yeux le corps qui gît, du sang plein sa chemise. Une religieuse est au bord de l'évanouissement. Petite Sœur Agnès a mis un bras autour de ses épaules. Elle se souvient de l'assassinat d'un membre de sa fraternité. Par un junkie en manque qui cherchait de l'argent. C'était il y a trente ans, dans une Afrique du Sud minée par la pauvreté, la drogue, l'injustice, où les meurtres étaient monnaie courante. Elle racontait dans ses lettres à ses parents la violence qui régnait dans le ghetto : c'est pour ça qu'elle y vivait. C'était à Soweto. Aurait-elle jamais imaginé que, dans une ville française, un matin d'août…

Elle murmure inlassablement : « Sainte Marie, mère de Dieu, priez pour nous, pauvres pécheurs… »

Maintenant, les deux hommes poussent des bancs et des chaises devant la porte de la sacristie, ils élèvent un mur pour en interdire l'accès.

— On va attendre les condés.

Petite Sœur Agnès songe : « Ils disent ça comme des enfants qui jouent. » Mais André Mallet étendu devant elle, ce n'est pas un jeu. Est-il mort ? Encore conscient ? Il lui semble qu'il a bougé la jambe tout à l'heure, c'était à peine perceptible. En effet, André n'a pas perdu connaissance, il voit des étoiles sur un ciel bleu, très bleu, entend des voix lointaines, des bruits. Il n'a pas mal ; surtout ne pas faire un mouvement. Ils pourraient le frapper encore, qui sait ? Il récite une parole du frère Charles qu'il a entendue dans une conférence à la paroisse ; il l'a retenue tant elle l'a marqué : « Pour L'aimer, il faut L'imiter… » S'il avait songé qu'elle pourrait s'appliquer à lui, André, baptisé ordinaire… Le martyre, c'est l'apanage des saints… « Pour L'aimer… », la suite ne vient plus, son esprit se brouille.

XXX

Le capitaine Nguyen est à son bureau à l'hôtel de police. La matinée a commencé, tranquille. La veille il s'est rendu au stand de tir avec son équipe, pour s'entraîner. Enfin, avec ceux qui ne sont pas en vacances. Il s'agit de ne pas perdre la main, maintenant qu'ils ont reçu en dotation de nouveaux fusils d'assaut. Avec cette chaleur qui monte, on s'assoupirait presque. À cette heure cependant, il fait encore frais. Nguyen boit un café avec les collègues et fait le point sur les affaires en cours. C'est un rituel, l'occasion d'échanger des informations et de souder son équipe. Il appelle ça la réunion « pluie et beau temps ».

Un temps justement à aller sur la Côte, ce week-end. Avant de déjeuner, il faut qu'il appelle le club de voile pour inscrire leur fils.

« N'oublie pas : samedi, ce sera la cohue », lui a répété Audrey.

Quand elle a une idée… Promis, il va le faire.

À ce moment-là, le téléphone sonne, un coup de fil de l'étage du dessous. C'est le patron, le directeur du SRPJ. Il se trouve toujours un de ses hommes pour dire : « Les affaires reprennent. » Ça ne manque pas. Sacré Guiraut.

— Frédéric, on a eu un appel de la Sécurité publique. Il y a quelque chose en cours à l'église Saint-Michel. Ce n'est pas très clair, ce sont des barbus, il y a peut-être un mort. Allez-y ASAP.

— Reçu, on fonce.

Toute l'équipe s'est levée d'un bond. Au foot, on appellerait ça des automatismes, une façon qu'a chacun de savoir instinctivement ce qu'il doit faire, où il doit être. Ce qu'il doit emporter : casque lourd, gilet pare-balles, armes. Pistolets Glock, fusils d'assaut avec viseur holographique, fusils HK G36 équipés de récupérateurs d'étuis ; et le Tikka, l'arme du tireur d'élite de l'équipe. Et le matériel d'effraction conservé dans un caddie. Trente kilos d'équipement, « de vrais manouches », dit Guiraut quand ils chargent les voitures. Les visages sont tendus. Cette fois, ce n'est plus un entraînement, des interventions dans un village factice construit à cet effet, des collègues en plastron, des retards d'exécution sanctionnés par une engueulade du chef.

Le patron l'a dit : « Des barbus, peut-être un mort. » Ça semble sérieux. Est-on sur du « terro » ? Quinze jours plus tôt, à Paris, des passants ont été agressés en pleine rue par un homme armé d'une machette ; il y a eu deux morts, des touristes chinois ; une psychose s'est emparée du pays. Guiraut a résumé la situation : « Ils ne prennent jamais de vacances ces gens-là… » Le niveau d'alerte est à son maximum. La peur est palpable.

Quelques minutes ont suffi au capitaine Nguyen et à ses hommes pour traverser la ville, toutes sirènes hurlantes, au milieu du trafic fluide à cette heure matinale de l'été. Il connaît le chemin par cœur. C'est sur la route de son domicile.

— Mince ! Je n'ai pas eu le temps d'appeler le club de voile.

La place de l'Église a déjà été sécurisée par la Sécurité publique, qui en interdit l'accès. Les voitures de la BRI se garent dans une rue adjacente. L'œil aiguisé de Nguyen balaie les lieux. Le bâtiment, les abords. Comment pénétrer ? Il y a bien des portes latérales. Peu d'ouvertures, hormis quelques vitraux. L'officier de police observe : d'où un tireur pourrait-il faire feu ?

Il regarde à son sommet la croix. Nguyen ne croit pas en Dieu. Du moins pas sous cette forme, pas à ce Dieu incarné dans un homme et mort suspendu à ce gibet. Pourtant, par ce clair matin, il se surprend à penser : « Sur ce coup-là, Il pourrait nous donner un coup de main. Après tout, c'est chez Lui que tout ça se passe… »

— T'en penses quoi, Frank ? Le clocher ?

— Impossible. Tu vois les pigeons ?

— Et alors ?

— Un homme s'y serait introduit, ils se seraient envolés. Crois-moi, y a personne là-haut.

Est-ce qu'à l'intérieur de l'église ce sont des professionnels, des amateurs ? Au moins, le professionnel est prévisible. La police et lui ont les mêmes réflexes, ils parlent à peu près le même langage. On peut anticiper ses réactions… Mais l'amateur pris d'un coup de folie… Capable de tout, même d'un carnage…

Une collègue de la Sécurité publique lui amène la femme qui a donné l'alerte. C'est une paroissienne qui avait rendez-vous avec le curé à la fin de la messe. Une femme entre deux âges, assez corpulente. Elle a entendu des cris et est restée au seuil de l'église. Elle a vu deux hommes, un corps à terre. Elle s'est aussitôt enfuie, a couru jusqu'à la maison de la presse. Frédéric parle doucement : « Je vous écoute, madame. » Elle est sous le choc. Elle parle vite, confusément : « Oui, des hommes en djellaba excités. » Combien ? Deux. Sûre ? Oui… Les décrire ? Ils lui tournaient le dos. Non, ils ne l'ont pas vue. Le corps, est-ce celui d'un homme ? Oui. A-t-elle vu du sang ? Elle a les larmes aux yeux, sa voix s'étrangle. Elle ne sait plus très bien de quoi se compose l'assistance, cinq, six personnes ; peut-être plus… Décrire les lieux ? On peut entrer dans la sacristie par une porte extérieure. Elle communique avec l'église. Le capitaine Nguyen la voit, cette porte, étroite, basse. Ses gars ne pourront entrer qu'un par un. Et encore, en se baissant. Pas commode…

Il faut intervenir, vite. Aurait-on affaire à des forcenés retenant des otages, on pourrait parlementer. Mais si du sang a déjà coulé, il peut couler encore. Le capitaine Nguyen appelle son patron. Pour donner l'assaut, il lui faut un ordre d'en haut. De Beauvau. Ordre reçu.

Les hommes ont entendu. Ils sont déjà équipés, gilets pare-balles, cagoules, brelages, armement. Ils se tiennent prêts, à l'abri derrière leurs véhicules.

François et Laure Berteau prennent le petit déjeuner sur la terrasse. Paul, le père de François, matinal comme à son habitude, est parti à la pêche. À midi, on cuisinera le poisson qu'il aura rapporté au barbecue. L'air est encore frais à cette heure. Les lauriers-roses sont magnifiques, son jardin de Cassis est tellement bien entretenu. François et Laure sont heureux de ces premiers jours de vacances. Heureux de se retrouver tous les deux. Ils ont laissé Daoud à Brandes, il les rejoindra la semaine prochaine, enfin rien n'est sûr ; à cet âge-là impossible de connaître leur programme.

Ils se sont levés tard et savourent maintenant l'absence d'emploi du temps, pas de rendez-vous, pas de clients, pas d'obligations. Un bain de mer en fin de matinée, quand la lumière est encore claire, comme une promesse de la journée qui s'annonce. Puis, après le déjeuner, une sieste. François les apprécie. Laure vient parfois le rejoindre, et se pelotonne contre lui amoureusement. Ils ont si peu d'occasions de se retrouver ainsi. Et le soir, quand la température commence à baisser, une promenade sur le port, peut-être pousseront-ils jusqu'au cap, par la pinède. D'ici là, Laure projette d'acheter un nouveau maillot qu'elle a repéré. Et François doit remplacer ses lunettes de soleil qu'il a cassées.

La terrasse est au soleil. Pain grillé, jus d'orange, confitures faites maison. Toute l'année, Paul soigne ses arbres fruitiers qui lui procurent abricots, cerises et prunes à foison. C'est ça, les vacances : un petit déjeuner pris sans horaire, sans contraintes. François a allumé la radio. Debout derrière lui, Laure l'enserre avec tendresse.

— Éteins ça, on est en vacances.

— On peut quand même se tenir informés…

— Pour quoi faire…

— Chut.

Il y est question d'un fait divers, ça capte mal sur la terrasse. Où est-ce que ça se passe ? En Turquie, en Égypte ? Non, en France. Où ça ? Sûrement une banlieue à problèmes. Il va falloir s'habituer à ce genre d'information. François fait pivoter l'antenne, déplace le poste. Laure et lui tendent l'oreille.

— Une attaque terroriste…

— Ils disent que c'est dans une église…

En vacances, c'est dur d'apprendre de mauvaises nouvelles, les incendies de forêts, les noyades, les accidents de la route. Elles font passer un voile noir sur le ciel immaculé de l'été. Et puis, très vite, évidemment, l'insouciance reprend ses droits : c'est triste bien sûr, mais bon…

— Tu as entendu, ça se passe chez nous…

— Non ? Tu es sûre ?

— Oui, ils parlent de Brandes. Écoute…

« On ignore encore le nombre des preneurs d'otages, et leur identité. La police est sur place et encercle l'édifice. Le quartier de Saint-Michel est bouclé. »

François a poussé un cri : « Merde alors ! »

Laure s'est pétrifiée. Elle est soudain traversée par un grand froid.

XXXI

Hicham Boulaïd s'approche du père Tellier. Depuis qu'il est entré dans l'église, l'aube du prêtre lui est insupportable. C'est quoi ce blanc ? La couleur de la pureté ? Mais qui est pur, sinon Allah, que Son Nom soit glorifié ?

Hicham l'empoigne. Il appuie sur son épaule pour le mettre à genoux. Il faudra bien qu'il en rabatte celui-là, qu'il s'incline devant Allah. Qu'il se prosterne devant Sa grandeur. Georges Tellier le regarde. Il ne veut pas y croire. Ce n'est pas possible, c'est un mauvais rêve. La raison va revenir à ces deux jeunes. Une certitude soudain, fulgurante, le saisit : cette violence qui vient d'éclater a un nom, celui que l'Église donne au mal depuis toujours. Le responsable c'est celui qui prend possession, celui qui divise, celui qui perd : Satan. Les voici maintenant face à face.

Georges se débat avec une vigueur inattendue. Dans ses yeux, on lit une incompréhension mêlée de compassion : ils ne savent pas ce qu'ils font. Hicham est surpris de rencontrer une résistance et brandit son couteau pour l'intimider.

— Au nom de Jésus-Christ, ne fais pas ça ! Au nom de Jésus !

À ce nom, Hicham sent une force le traverser, une rage, une furie intérieure qui lui ordonne : « Tue ! tue ! » Ça hurle en lui. Comment faire taire la voix ? Il plonge sa lame dans la poitrine de l'homme en blanc. Une fois, puis une deuxième. Georges s'écroule, le sang coule sur son vêtement. Hicham est soulagé, heureux de s'être soumis à cette injonction qui venait du plus profond de lui.

Un bruit fracassant, celui d'une porte que l'on défonce, suivi d'un monceau de bancs qui s'écroule. Hicham et Daoud se retournent. En face d'eux, des hommes en noir : « Police ! Relâchez les otages ! » Ils ne voient qu'une masse abritée par un mur de plexiglas, entendent une voix forte qui parle vite… « Des corps à terre, des individus armés de couteaux, un groupe de femmes. » Hicham et Daoud ont empoigné chacun une religieuse, un couteau contre leur cou, pour s'en faire des boucliers.

Ils sont face à face. Les policiers l'un derrière l'autre. Hicham Boulaïd et Daoud Berteau côte à côte. Ils échangent des regards, fixent la colonne. Tout le monde s'est immobilisé.

Le capitaine Nguyen n'a jamais rien observé de pareil. Il en a vu, pourtant, des yeux de forcenés, de criminels, de pédophiles. Des yeux cruels, des yeux perdus, des yeux fixes de tueurs, de vengeurs, de fous, de pervers, d'enragés, de trompe-la-mort. Ces deux-là seraient-ils dopés au Captagon ? La drogue des djihadistes, la pilule de Falloujah, la potion magique de l'EI, comme les médias surnomment cette amphète. Il en a souvent parlé avec son patron. Jusqu'ici, aucun auteur d'attentat en Europe n'y a eu recours, contrairement à ce qui a été dit et écrit. On a prétendu que l'homme qui avait abattu des baigneurs à la kalachnikov sur une plage de Tunisie, l'été précédent, en avait absorbé. Cette hypothèse est sans cesse fournie comme une explication de la détermination dont font preuve les terroristes. Jusqu'ici, le capitaine Nguyen était dubitatif : cette thèse du recours à un stimulant, n'est-ce pas un aveu : celui de l'impossibilité d'admettre qu'on puisse aujourd'hui mourir pour une cause ?

Des regards de possédés… Mais possédés par quoi ? Derrière sa visière, Nguyen scrute les assaillants. Il balaie l'espace, va des deux corps gisant au pied de l'autel aux deux hommes qui menacent les otages.

Si leur résolution à aller jusqu'au bout se traduit par leurs yeux exorbités, alors il faut craindre le pire.

Hicham et Daoud échangent un regard ; Hicham murmure : « *Hasbiya Allahou wa ni'mal wakil.* » Allah me suffit, Il est mon meilleur garant. Ils poussent les femmes vers les policiers qui reculent, bousculés, surpris. Ça crie, ça jure.

Elles sont promptement évacuées à l'arrière, vers la sacristie. Quel bordel !

Ils sont invincibles. *Allah Akbar !*

Hicham et Daoud se précipitent sur les policiers, leurs couteaux à la main. Ils vont mourir, ils vont triompher. Des coups de feu éclatent, tandis que leurs lèvres proclament :

— *Inna lillahi wa inna ilayhi raji'oune.* À Allah nous appartenons, et à Lui nous retournerons…

XXXII

Une petite pluie fine tombe d'un ciel encore lourd ; la lumière qui généralement éclaire Brandes en été est absente. Un orage a éclaté la veille et le temps est resté couvert. Les rues sont ternes, grises comme les nuages défilant à vive allure au-dessus des parapluies qui s'agglutinent autour de la place Saint-Hilaire dès les premières heures de la matinée. Il fait froid. Des barrières métalliques ont été installées pour contenir la foule. Les forces de l'ordre se sont mises en place dès l'aube. On reconnaît des gendarmes mobiles, des policiers en tenue. Ceux qui sont en civil portent un brassard. Pour accéder à la cathédrale, il faut passer des barrages puis se soumettre à une fouille méticuleuse. Une tension règne dans la ville. Un prêtre assassiné dans son église, ce n'était pas arrivé en France depuis la Révolution : au fond de la cathédrale, une plaque de marbre énumère le nom des évêques du diocèse, l'un d'eux, le bienheureux Charles-Hélie de

Pons, fut tué durant les massacres de septembre 1792.

Frédéric Nguyen est entré sans encombre, faisant un petit signe aux collègues. Ce matin, il est en congé mais il a tenu à assister aux obsèques du père Tellier. Il habite la ville depuis dix ans, c'est pourtant la première fois qu'il entre dans la cathédrale. Il est frappé par son immensité, sa monumentale charpente en bois lambrissée, qui lui donne une allure de barque renversée.

Déjà une semaine depuis ce jour tragique du 4 août. Dans les heures qui ont suivi le meurtre du père Georges Tellier, il a fallu que lui et ses hommes répondent aux questions des enquêteurs, relatent l'intervention de l'équipe dans les moindres détails. C'est en fin de matinée seulement qu'il a rallumé son téléphone : des dizaines de messages se sont affichés. Parmi les premiers, celui d'Audrey, qui, entendant le flash d'information dans sa voiture, avait aussitôt compris. Son premier appel fut pour elle. Tout allait bien, il allait rester avec l'équipe, ils dîneraient dans un restaurant voisin de l'hôtel de police où ils avaient leurs habitudes, puis il rentrerait. Il l'embrassait, il l'aimait.

Les fidèles sont déjà nombreux dans la cathédrale. Dans les premiers rangs, Frédéric reconnaît les protagonistes du drame. Il les a rencontrés après le dénouement ; il y a les Petites Sœurs reconnaissables à leur voile bleu. Et, en tailleur bleu nuit, très élégante, très belle, c'est Angèle. À côté d'elle la paroissienne qui a donné l'alerte. Il ne voit pas André Mallet, encore hospitalisé, quoique hors de danger. Aussitôt que les terroristes avaient été abattus, un de ses hommes s'est précipité vers les deux corps à terre. Pour le curé, il n'y avait plus rien à faire. Mais André vivait encore, son pouls battait faiblement ; un pansement compressif lui a été appliqué sur la gorge et son évacuation vers l'hôpital de la ville a été immédiate.

Le soir même, Frédéric a appris qu'il était sauvé, d'un cheveu.

« Ce n'était pas mon heure », a-t-il simplement dit au chirurgien.

Quand le directeur du SRPJ l'a appelé pour lui apprendre la nouvelle, Frédéric et ses hommes étaient en train de dîner en silence, dans leur restaurant habituel. Le patron les avait accueillis d'un tonitruant : « Alors les enfants, on a eu un peu de travail ce matin ? »

Des sourires fatigués lui avaient répondu. La journée commençait à peser sur les épaules des hommes. L'intensité de l'intervention, le choc à la vue de deux vieillards baignant dans leur sang… Chacun décompressait. Guiraut ne disait rien. Il roulait une boulette de mie de pain entre ses doigts, les yeux fixés sur le centre de table. Comme les autres, il repassait dans sa tête le film du matin. Tout s'était joué en quelques minutes. À peine une demi-heure.

La cathédrale se remplit sans cesse. Frédéric avise un groupe qui se tient dans une allée, visiblement peu familier des lieux : des musulmans, à voir leurs vêtements. Combien sont-ils, trente, cinquante ? Davantage ? Les responsables des associations de la ville ont exprimé publiquement leur effroi. Frédéric se souvient d'avoir vu à la télévision un petit homme à la moustache blanche qui répétait d'une voix tremblante : « Allah ne demande pas ça, Allah ne veut pas ça. » L'évêque a invité la communauté à assister aux obsèques du père Tellier. Apparemment, les musulmans ont répondu présents.

Les autorités politiques commencent à arriver, on le constate à la vue de petits cortèges qui se pressent, escortés par des hommes à oreillette. Une certaine fébrilité est palpable. Frédéric reconnaît le maire, le préfet. Bientôt le Premier ministre et le ministre de l'Intérieur seront là, avec d'autres membres du gouvernement, moins connus. Le premier rang leur est réservé, à gauche. Des pancartes disposées sur les chaises indiquent leurs places. L'autre côté est pour la famille Tellier. Nguyen se fait la réflexion : c'est vrai, il n'y a pas que la France et l'Église catholique qui sont en deuil, il y a aussi des frères, des sœurs, des neveux qui pleurent un être cher.

Dans la grande nef, les visages sont fermés mais sereins. Un grand calme règne, chacun parle à voix basse, se déplace en silence. Le recueillement contraste avec l'émoi médiatique qui a déferlé sitôt connu l'assassinat du père Tellier. Les équipes de télévision ont débarqué aux abords de la place Saint-Michel, caméras, prises de son, reporters et commentaires en continu : islamisme, folie, djihad, fermeté, terrorisme, république, jeunesse, laïcité, chrétiens, Syrie, sécurité, martyre.

L'orgue se met à jouer, ses accents remplissent l'immense édifice, ils l'habillent de douceur. Un long cortège s'ébranle : plusieurs évêques et des dizaines de prêtres s'avancent dans un nuage d'encens. Ils ont revêtu les ornements violets, ceux de l'Avent et du Carême. C'est la couleur de la pénitence et de l'attente. « De l'espérance », dira l'évêque dans son homélie. Ils s'inclinent deux par deux devant l'autel et prennent place dans le chœur. Leur installation dure de longues minutes.

Arrive alors le cercueil, porté par six jeunes hommes en aube, les séminaristes du diocèse qui mènent leur aîné à sa dernière demeure. Il est tout simple. Ni bois verni ni velours, aucune poignée en métal, sa sobriété tranche avec la magnificence des lieux. La foule se signe au passage du cortège qui remonte l'allée centrale, après avoir franchi le portail d'entrée, une magnifique ogive ornée d'anges, d'apôtres et de figures de l'Ancien Testament.

Le cercueil est déposé à même le sol, sur les dalles séculaires de la cathédrale, entre quatre chandeliers.

Il y a cinquante ans, le diacre Georges Tellier était allongé au même endroit ; c'était le jour de son ordination. L'évêque s'approche et déploie sur le cercueil une chasuble blanche et une étole rouge, les vêtements sacerdotaux du défunt. La grande croix près de l'autel est, elle aussi, entourée d'une étole de la même couleur, celle du sang, celle des martyrs.

L'orgue s'est tu. Une femme s'approche du pupitre, lève les bras et un chant éclate, entonné par des milliers dc voix :

À l'Agneau de Dieu soit la gloire,
À l'Agneau de Dieu, la victoire,
À l'Agneau de Dieu soit le règne,
Pour tous les siècles, Amen.

DU MÊME AUTEUR

Romans

L'ARTICLE DE LA MORT, Gallimard, 2009.

LA ROUTE DU SALUT, Gallimard, 2013 (Folio n° 6153). Prix des Deux Magots 2014.

L'AMANT NOIR, Gallimard, 2017 (Folio n° 6659). Prix Jean Freustié 2017.

LA GRANDE ÉPREUVE, Stock, 2020. Grand Prix de l'Académie française.

Biographies

THIERRY MAULNIER, Julliard, 1994.

HONORÉ D'ESTIENNE D'ORVES. UN HÉROS FRANÇAIS, Perrin, 2001.

NOTRE HISTOIRE. CONVERSATION ENTRE HÉLIE DE SAINT MARC ET AUGUST VON KAGENECK, Perrin - Les Arènes, 2002.

Essais

SALUT À KLÉBER HAEDENS, Grasset, 1996.

DES HOMMES IRRÉGULIERS, Perrin, 2006.

Chroniques

ENCORE UN MOT, Chiflet et Cie, 2012.

BILLETS DU FIGARO. L'ACTUALITÉ AU FIL DES MOTS, Points-Seuil, 2016.

COLLECTION FOLIO

Dernières parutions

6703. Dave Eggers — *Une œuvre déchirante d'un génie renversant*
6704. Nicolas Fargues — *Je ne suis pas une héroïne*
6705. Timothée de Fombelle — *Neverland*
6706. Jérôme Garcin — *Le syndrome de Garcin*
6707. Jonathan Littell — *Les récits de Fata Morgana*
6708. Jonathan Littell — *Une vieille histoire.* Nouvelle version
6709. Herta Müller — *Le renard était déjà le chasseur*
6710. Arundhati Roy — *Le Ministère du Bonheur Suprême*
6711. Baltasar Gracian — *L'Art de vivre avec élégance. Cent maximes de L'Homme de cour*
6712. James Baldwin — *L'homme qui meurt*
6713. Pierre Bergounioux — *Le premier mot*
6714. Tahar Ben Jelloun — *La punition*
6715. John Dos Passos — *Le 42e parallèle. U.S.A. I*
6716. John Dos Passos — *1919. U.S.A. II*
6717. John Dos Passos — *La grosse galette. U.S.A. III*
6718. Bruno Fuligni — *Dans les archives inédites du ministère de l'Intérieur. Un siècle de secrets d'État (1870-1945)*
6719. André Gide — *Correspondance. 1888-1951*
6720. Philippe Le Guillou — *La route de la mer*
6721. Philippe Le Guillou — *Le roi dort*
6722. Jean-Noël Pancrazi — *Je voulais leur dire mon amour*
6723. Maria Pourchet — *Champion*

6724.	Jean Rolin	*Le traquet kurde*
6725.	Pénélope Bagieu	*Culottées Livre II-partie 1*
6726.	Pénélope Bagieu	*Culottées Livre II-partie 2*
6727.	Marcel Proust	*Vacances de Pâques* et autres chroniques
6728.	Jane Austen	*Amour et amitié*
6729.	Collectif	*Scènes de lecture. De saint Augustin à Proust*
6730.	Christophe Boltanski	*Le guetteur*
6731.	Albert Camus et Maria Casarès	*Correspondance. 1944-1959*
6732.	Albert Camus et Louis Guilloux	*Correspondance. 1945-1959*
6733.	Ousmane Diarra	*La route des clameurs*
6734.	Eugène Ébodé	*La transmission*
6735.	Éric Fottorino	*Dix-sept ans*
6736.	Hélène Gestern	*Un vertige* suivi de *La séparation*
6737.	Jean Hatzfeld	*Deux mètres dix*
6738.	Philippe Lançon	*Le lambeau*
6739.	Zadie Smith	*Swing Time*
6740.	Serge Toubiana	*Les bouées jaunes*
6741.	C. E. Morgan	*Le sport des rois*
6742.	Marguerite Yourcenar	*Les Songes et les Sorts*
6743.	Les sœurs Brontë	*Autolouange* et autres poèmes
6744.	F. Scott Fitzgerald	*Le diamant gros comme le Ritz*
6745.	Nicolas Gogol	*2 nouvelles de Pétersbourg*
6746.	Eugène Dabit	*Fauteuils réservés* et autres contes
6747.	Jules Verne	*Cinq semaines en ballon*
6748.	Henry James	*La Princesse Casamassima*
6749.	Claire Castillon	*Ma grande*
6750.	Fabrice Caro	*Le discours*
6751.	Julian Barnes	*La seule histoire*
6752.	Guy Boley	*Quand Dieu boxait en amateur*
6753.	Laurence Cossé	*Nuit sur la neige*
6754.	Élisabeth de Fontenay	*Gaspard de la nuit*
6755.	Elena Ferrante	*L'amour harcelant*

6756. Franz-Olivier Giesbert — *La dernière fois que j'ai rencontré Dieu*
6757. Paul Greveillac — *Maîtres et esclaves*
6758. Stefan Hertmans — *Le cœur converti*
6759. Anaïs LLobet — *Des hommes couleur de ciel*
6760. Juliana Léveillé-Trudel — *Nirliit*
6761. Mathieu Riboulet — *Le corps des anges*
6762. Simone de Beauvoir — *Pyrrhus et Cinéas*
6763. Dōgen — *La présence au monde*
6764. Virginia Woolf — *Un lieu à soi*
6765. Benoît Duteurtre — *En marche !*
6766. François Bégaudeau — *En guerre*
6767. Anne-Laure Bondoux — *L'aube sera grandiose*
6768. Didier Daeninckx — *Artana ! Artana !*
6769. Jachy Durand — *Les recettes de la vie*
6770. Laura Kasischke — *En un monde parfait*
6771. Maylis de Kerangal — *Un monde à portée de main*
6772. Nathalie Kuperman — *Je suis le genre de fille*
6773. Jean-Marie Laclavetine — *Une amie de la famille*
6774. Alice McDermott — *La neuvième heure*
6775. Ota Pavel — *Comment j'ai rencontré les poissons*
6776. Ryoko Sekiguchi — *Nagori. La nostalgie de la saison qui vient de nous quitter*
6777. Philippe Sollers — *Le Nouveau*
6778. Annie Ernaux — *Hôtel Casanova* et autres textes brefs
6779. Victor Hugo — *Les Fleurs*
6780. Collectif — *Notre-Dame des écrivains. Raconter et rêver la cathédrale du Moyen Âge à demain*
6781. Carole Fives — *Tenir jusqu'à l'aube*
6782. Esi Edugyan — *Washington Black*
6784. Emmanuelle Bayamack-Tam — *Arcadie*
6785. Pierre Guyotat — *Idiotie*
6786. François Garde — *Marcher à Kerguelen.*
6787. Cédric Gras — *Saisons du voyage.*

6788. Paolo Rumiz — *La légende des montagnes qui naviguent.*
6789. Jean-Paul Kauffmann — *Venise à double tour*
6790. Kim Leine — *Les prophètes du fjord de l'Éternité*
6791. Jean-Christophe Rufin — *Les sept mariages d'Edgar et Ludmilla*
6792. Boualem Sansal — *Le train d'Erlingen ou La métamorphose de Dieu*
6793. Lou Andreas-Salomé — *Ce qui découle du fait que ce n'est pas la femme qui a tué le père* et autres textes psychanalytiques
6794. Sénèque — *De la vie heureuse* précédé de *De la brièveté de la vie*
6795. Famille Brontë — *Lettres choisies*
6796. Stéphanie Bodet — *À la verticale de soi*
6797. Guy de Maupassant — *Les Dimanches d'un bourgeois de Paris* et autres nouvelles
6798. Chimamanda Ngozi Adichie — *Nous sommes tous des féministes* suivi du *Danger de l'histoire unique*
6799. Antoine Bello — *Scherbius (et moi)*
6800. David Foenkinos — *Deux sœurs*
6801. Sophie Chauveau — *Picasso, le Minotaure. 1881-1973*
6802. Abubakar Adam Ibrahim — *La saison des fleurs de flamme*
6803. Pierre Jourde — *Le voyage du canapé-lit*
6804. Karl Ove Knausgaard — *Comme il pleut sur la ville. Mon combat - Livre V*
6805. Sarah Marty — *Soixante jours*
6806. Guillaume Meurice — *Cosme*
6807. Mona Ozouf — *L'autre George. À la rencontre de l'autre George Eliot*
6808. Laurine Roux — *Une immense sensation de calme*
6809. Roberto Saviano — *Piranhas*

6810. Roberto Saviano	*Baiser féroce*
6811. Patti Smith	*Dévotion*
6812. Ray Bradbury	*La fusée* et autres nouvelles
6813. Albert Cossery	*Les affamés ne rêvent que de pain*
6814. Georges Rodenbach	*Bruges-la-Morte*
6815. Margaret Mitchell	*Autant en emporte le vent I*
6816. Margaret Mitchell	*Autant en emporte le vent II*
6817. George Eliot	*Felix Holt, le radical.* À paraître
6818. Goethe	*Les Années de voyage de Wilhelm Meister*
6819. Meryem Alaoui	*La vérité sort de la bouche du cheval*
6820. Unamuno	*Contes*
6821. Leïla Bouherrafa	*La dédicace.*
6822. Philippe Djian	*Les inéquitables*
6823. Carlos Fuentes	*La frontière de verre.* Roman en neuf récits
6824. Carlos Fuentes	*Les années avec Laura Díaz.* Nouvelle édition augmentée
6825. Paula Jacques	*Plutôt la fin du monde qu'une écorchure à mon doigt.*
6826. Pascal Quignard	*L'enfant d'Ingolstadt. Dernier royaume X*
6827. Raphaël Rupert	*Anatomie de l'amant de ma femme*
6828. Bernhard Schlink	*Olga*
6829. Marie Sizun	*Les sœurs aux yeux bleus*
6830. Graham Swift	*De l'Angleterre et des Anglais*
6831. Alexandre Dumas	*Le Comte de Monte-Cristo*
6832. Villon	*Œuvres complètes*
6833. Vénus Khoury-Ghata	*Marina Tsvétaïéva, mourir à Elabouga*
6834. Élisa Shua Dusapin	*Les billes du Pachinko*
6835. Yannick Haenel	*La solitude Caravage*
6836. Alexis Jenni	*Féroces infirmes*

6837. Isabelle Mayault	*Une longue nuit mexicaine*
6838. Scholastique Mukasonga	*Un si beau diplôme !*
6839. Jean d'Ormesson	*Et moi, je vis toujours*
6840. Orhan Pamuk	*La femme aux cheveux roux*
6841. Joseph Ponthus	*À la ligne. Feuillets d'usine*
6842. Ron Rash	*Un silence brutal*
6843. Ron Rash	*Serena*
6844. Bénédicte Belpois	*Suiza*
6845. Erri De Luca	*Le tour de l'oie*
6846. Arthur H	*Fugues*
6847. Francesca Melandri	*Tous, sauf moi*
6848. Eshkol Nevo	*Trois étages*
6849. Daniel Pennac	*Mon frère*
6850. Maria Pourchet	*Les impatients*
6851. Atiq Rahimi	*Les porteurs d'eau*
6852. Jean Rolin	*Crac*
6853. Dai Sijie	*L'Évangile selon Yong Sheng*
6854. Sawako Ariyoshi	*Le crépuscule de Shigezo*
6855. Alexandre Dumas	*Les Compagnons de Jéhu*
6856. Bertrand Belin	*Grands carnivores*
6857. Christian Bobin	*La nuit du cœur*
6858. Dave Eggers	*Les héros de la Frontière*
6859. Dave Eggers	*Le Capitaine et la Gloire*
6860. Emmanuelle Lambert	*Giono, furioso*
6861. Danièle Sallenave	*L'églantine et le muguet*
6862. Martin Winckler	*L'École des soignantes*
6863. Zéno Bianu	*Petit éloge du bleu*
6864. Collectif	*Anthologie de la littérature grecque. De Troie à Byzance*
6865. Italo Calvino	*Monsieur Palomar*
6866. Auguste de Villiers de l'Isle-Adam	*Histoires insolites*
6867. Tahar Ben Jelloun	*L'insomniaque*
6868. Dominique Bona	*Mes vies secrètes*
6869. Arnaud Cathrine	*J'entends des regards que vous croyez muets*
6870. Élisabeth Filhol	*Doggerland*

6871.	Lisa Halliday	*Asymétrie*
6872.	Bruno Le Maire	*Paul. Une amitié*
6873.	Nathalie Léger	*La robe blanche*
6874.	Gilles Leroy	*Le diable emporte le fils rebelle*
6875.	Jacques Ferrandez / Jean Giono	*Le chant du monde*
6876.	Kazuo Ishiguro	*2 nouvelles musicales*
6877.	Collectif	*Fioretti. Légendes de saint François d'Assise*
6878.	Herta Müller	*La convocation*
6879.	Giosuè Calaciura	*Borgo Vecchio*
6880.	Marc Dugain	*Intérieur jour*
6881.	Marc Dugain	*Transparence*
6882.	Elena Ferrante	*Frantumaglia. L'écriture et ma vie*
6883.	Lilia Hassaine	*L'œil du paon*
6884.	Jon McGregor	*Réservoir 13*
6885.	Caroline Lamarche	*Nous sommes à la lisière*
6886.	Isabelle Sorente	*Le complexe de la sorcière*
6887.	Karine Tuil	*Les choses humaines*
6888.	Ovide	*Pénélope à Ulysse* et autres lettres d'amour de grandes héroïnes antiques
6889.	Louis Pergaud	*La tragique aventure de Goupil* et autres contes animaliers
6890.	Rainer Maria Rilke	*Notes sur la mélodie des choses* et autres textes
6891.	George Orwell	*Mil neuf cent quatre-vingt-quatre*
6892.	Jacques Casanova	*Histoire de ma vie*
6893.	Santiago H. Amigorena	*Le ghetto intérieur*
6894.	Dominique Barbéris	*Un dimanche à Ville-d'Avray*
6895.	Alessandro Baricco	*The Game*
6896.	Joffrine Donnadieu	*Une histoire de France*
6897.	Marie Nimier	*Les confidences*
6898.	Sylvain Ouillon	*Les jours*
6899.	Ludmila Oulitskaïa	*Médée et ses enfants*
6900.	Antoine Wauters	*Pense aux pierres sous tes pas*

6901. Franz-Olivier Giesbert — *Le schmock*
6902. Élisée Reclus — *La source* et autres histoires d'un ruisseau
6903. Simone Weil — *Étude pour une déclaration des obligations envers l'être humain* et autres textes
6904. Aurélien Bellanger — *Le continent de la douceur*
6905. Jean-Philippe Blondel — *La grande escapade*
6906. Astrid Éliard — *La dernière fois que j'ai vu Adèle*
6907. Lian Hearn — *Shikanoko, livres I et II*
6908. Lian Hearn — *Shikanoko, livres III et IV*
6909. Roy Jacobsen — *Mer blanche*
6910. Luc Lang — *La tentation*
6911. Jean-Baptiste Naudet — *La blessure*
6912. Erik Orsenna — *Briser en nous la mer gelée*
6913. Sylvain Prudhomme — *Par les routes*
6914. Vincent Raynaud — *Au tournant de la nuit*
6915. Kazuki Sakuraba — *La légende des filles rouges*
6916. Philippe Sollers — *Désir*
6917. Charles Baudelaire — *De l'essence du rire* et autres textes
6918. Marguerite Duras — *Madame Dodin*
6919. Madame de Genlis — *Mademoiselle de Clermont*
6920. Collectif — *La Commune des écrivains. Paris, 1871 : vivre et écrire l'insurrection*
6921. Jonathan Coe — *Le cœur de l'Angleterre*
6922. Yoann Barbereau — *Dans les geôles de Sibérie*
6923. Raphaël Confiant — *Grand café Martinique*
6924. Jérôme Garcin — *Le dernier hiver du Cid*
6925. Arnaud de La Grange — *Le huitième soir*
6926. Javier Marías — *Berta Isla*
6927. Fiona Mozley — *Elmet*
6928. Philip Pullman — *La Belle Sauvage. La trilogie de la Poussière, I*
6929. Jean-Christophe Rufin — *Les trois femmes du Consul. Les énigmes d'Aurel le Consul*

6930. Collectif	*Haikus de printemps et d'été*
6931. Épicure	*Lettre à Ménécée* et autres textes
6932. Marcel Proust	*Le Mystérieux Correspondant* et autres nouvelles retrouvées
6933. Nelly Alard	*La vie que tu t'étais imaginée*
6934. Sophie Chauveau	*La fabrique des pervers*
6935. Cecil Scott Forester	*L'heureux retour*
6936. Cecil Scott Forester	*Un vaisseau de ligne*
6937. Cecil Scott Forester	*Pavillon haut*
6938. Pam Jenoff	*La parade des enfants perdus*
6939. Maylis de Kerangal	*Ni fleurs ni couronnes* suivi de *Sous la cendre*
6940. Michèle Lesbre	*Rendez-vous à Parme*
6941. Akira Mizubayashi	*Âme brisée*
6942. Arto Paasilinna	*Adam & Eve*
6943. Leïla Slimani	*Le pays des autres*
6944. Zadie Smith	*Indices*
6945. Cesare Pavese	*La plage*
6946. Rabindranath Tagore	*À quatre voix*
6947. Jean de La Fontaine	*Les Amours de Psyché et de Cupidon* précédé d'*Adonis* et du *Songe de Vaux*
6948. Bartabas	*D'un cheval l'autre*
6949. Tonino Benacquista	*Toutes les histoires d'amour ont été racontées, sauf une*
6950. François Cavanna	*Crève, Ducon !*
6951. René Frégni	*Dernier arrêt avant l'automne*
6952. Violaine Huisman	*Rose désert*
6953. Alexandre Labruffe	*Chroniques d'une station-service*
6954. Franck Maubert	*Avec Bacon*
6955. Claire Messud	*Avant le bouleversement du monde*
6956. Olivier Rolin	*Extérieur monde*
6957. Karina Sainz Borgo	*La fille de l'Espagnole*
6958. Julie Wolkenstein	*Et toujours en été*
6959. James Fenimore Cooper	*Le Corsaire Rouge*

Tous les papiers utilisés pour les ouvrages
des collections Folio sont certifiés
et proviennent de forêts gérées durablement.

Composition IGS-CP à L'Isle-D'Espagnac (16)
Impression Maury Imprimeur
45330 Malesherbes
le 10 mai 2022
Dépôt légal : mai 2022
Numéro d'imprimeur : 262363

ISBN 978-2-07-294006-4 / Imprimé en France.

378792